속삭이는
그림들

속삭이는
그림들

위영 지음

휴앤스토리

노거수는 세월만으로 충분히 사람을 압도합니다. 기이한 형상이 없다 할지라도 존재만으로 크고 강렬한 메시지를 내보냅니다. 사람의 감정 중 가장 깊은 '숭고'까지 순식간에 데려갑니다. 창조주께서 자연이라는 거친 붓과 세월이라는 세필로 수많은 덧칠을 해서 만든 거룩한 작품입니다. 그래서 오래전 시인도 신만이 나무를 만들 수 있다고 했습니다.

명화는 사람이 만든 나무입니다. 세월이 흐를수록 더욱 아름다워지고 깊어집니다. 그래서 수많은 미답의 길이 생겨납니다. 그 길은 사람의 핏줄처럼 그림을 숨 쉬게 하고 존재하게 합니다. 물론 눈에 보이지 않습니다만 "열려라 참깨!" 주문만 알면 스르륵 열립니다.

주문은 다음과 같습니다.

그림 앞에서

느리거나

고요하거나

깊거나

오래오래

평생 글을 사랑해서 읽고 쓰며 살아왔습니다.

그림의 속삭임이기도 하고

그림 속 길에 대한 여행기이기도 합니다.

위 영

PART 1

'첫'은 싱싱한 삶의

에너지를 가득 품고 있습니다.

기실 그 어느 때보다

더 많은 실패를 품고 있음에도 말이지요.

케테 콜비츠, 「죽은 아이를 안고 있는 어머니」, 1903

죽는다는 것

그것은 나쁘지 않다

가을이 순식간에 다가왔다. 하늘의 처서는 뭉게구름을 타고 오고 땅 위의 처서는 귀뚜라미 등에 업혀온다고 했던가? 이제 처서 말후이니 풀은 더 이상 자라지 않을 것이고 천지는 쓸쓸해질 것이며 벼는 홀로 익어갈 것이다.

시인의 고백-가을에는 기도하게 하소서-은 기도가 깊은 성찰이자 고독한 행위라는 것을 알려준다. 가을의 기도는 바라고 원하는 것만을 간구하는 것이 아니라 주님 앞에 선 나를 직시하며 사람들 사이의 나를 객관화하는, 무엇보다 자연의 쇠락을 보며 삶의 쇠락도 바라보라는 권면이다.

수년 전 케테 콜비츠의 작품과 일기문으로 된 책을 읽었다. 아주 인상적인 한 대목.

죽는다는 것 그것은 나쁘지 않다.

그녀는 평생을 죽음과 대화했다고도 고백했으며 나중에는 자신의 묘지에 쓸 부조까지 스스로 만들었다.

케테 콜비츠는 행동하는 양심가였다. 그녀의 조부는 법관이었으나 부조리한 현실과 타협하기 싫다며 목수라는 직업을 택해 땀 흘리며 일했고, 외조부 역시 경건한 크리스천으로 자유와 양심의 가치를 존중했던 사람이었다.

케테는 어렸을 때부터 친구이면서 가난한 자에게 무료로 의술을 베푸는 의사 카를 콜비츠와 결혼한다. 이런 환경 때문에 그녀는 고달픈 노동자의 세상에 눈을 맞추게 되었고 부조리한 현실을 작품으로 표현해낸다. 그녀의 작품은 어떤 수사도 없으며 부드러운 조화나 섬세한 아름다움을 추구하지 않는다. 오직 본질을 향한 절규만이 가득하다. 노동자, 농민, 군인 같은 억압받는 민중들의 모습을 어둡고 강렬한 선, 굵은 판화로 표현했다. 그녀는 세상의 고통과 절망을 눈을 부릅뜨고 직시한다.

「죽은 아이를 안고 있는 어머니」는 케테 콜비츠의 피에타이다. 참척의 슬픔과 고통, 비탄을 온몸으로 나타내고 있는 작품이다. 죽은 아들을 안고 있는 어머니는 아이를 사랑하던, 아이를 돌보던 자애로운 어머니가 아니다. 감정이나 이성 같은 것들은 송두리째 사라져버리고 그저 한 물체, 슬픔덩어리 고통덩어리가 되어있다. 작고 가느다란 아이의 몸을 껴안은 채 마치 아이를 잡아먹을 것처럼 – 아이의 어깨를 껴안고 있는 저 손은 마치 아이의 살 속으로 들어가고 싶다는 욕망을 나타내고 있지 않은가?

지독한 슬픔은 고통과 비탄이 되어 아이의 어미를 악귀가 되게 한다. 차라리 아이와 함께 산화하고 싶은 비탄의 덩어리. 죽은 아이의 모델이 된 페터 콜비츠는 당시 여섯 살. 케테 콜비츠는 36세였다. 11년 뒤인 1914년 8월, 페터는 지원병으로 제1차 세계 대전에 나가서 20일 만에 싸늘한 시체가 되어서 돌아왔다. 두 번째 탯줄을 자른 것 같은 아픔을 느끼며 배웅한 아들이었다. 페터를 잊지 못해 형은 자신의 아들에게 페터라는 이름을 붙였는데 손자 페터도 제2차 세계대전에 나가서 전사한다.

제2차 세계대전 중이던 1941년, 74살의 콜비츠는 「씨앗들을 짓이겨서는 안 된다」를 제작했다. 일기엔 이렇게 기록되어 있다.

그녀는 자식들을 외투 속에 품고 절대로 빼앗기지 않겠다는 듯 팔을 활짝 펴 소년들을 감싸고 있다. 이는 율법이다. 명령이다.

탐욕으로 인한 인류의 전쟁은 여전히 현재 진행형이다. 바닷가에서 죽은 세 살짜리 시리아 난민 어린이를 보았다면 케테 콜비츠는 무어라 했을까? 그녀의 작품은 깊은 모성이었으며 사람에 대한 사랑으로 충만했다. 로맹 롤랑은 페터 콜비츠의 작품을 보며 "현대 독일의 가장 위대한 문학작품이다."라고 말했다. 미술이라는 장르를 넘어서 인간 본연에 대한 이해와 사랑이 충만하다는 예찬일 것이다.

모든 예술의 귀착점은 삶이 그러하듯 죽음에 대한 차분한 응시다. 산화하기 전 가장 화려한 시간을 보내는 단풍도 금방 우리 곁에 다가올 것이다. 아름다운 단풍이 소멸을 위한 전주곡이라는 것을. 그리하여 이 가을, 케테 콜비츠처럼 그 너머를 응시해 볼 것이다.

나그넷길의 세월

길이라는 명사처럼 깊고 넓은 단어가 또 있을까? 가령 산을 오를 때 사람의 발자국으로 만들어졌을 자드락길, 그 길을 풀들이 덮어내면 푸서릿길, 숨이 가빠오는 가파른 길도 좋고, 그러다가 만나는 평평한 길은 쉼이다.

내리막길은 인생의 저묾을 생각하게 하고 산이나 바위를 에돌아갈 때 걷게 되는 에움길에서는 사람과의 관계를 생각하게 된다. 봉우리에 올라설 때 펼쳐지는 마을들, 그 사이를 굽이쳐 흐르는 동네 길은 가슴을 왠지 먹먹하게 한다. 하늘길, 바닷길도 있고 길 없는 길도 있다.

눈에 보이는 길만 길이랴? 슬픔과 분노, 증오, 사랑에 길을 붙여보라. 거기 수렛길이 활짝 펼쳐진다.

성공과 실패를 아우르는 가도는 어떤가? 생명의 길처럼 죽음의 길도 있으며 무지한 길뿐 아니라 성찰의 길도 있다. 마음속 수많은 길은 도무지 몇 갈래인지 셀 수조차 없다.

외젠 들라크루아, 「천사와 씨름하는 야곱」, 1854~1861

오랜 세월을 지나온 듯 우람하고 견고한 나무 세 그루는 마치 꿈과 현실을, 미래와 과거를, 죽음과 삶을, 혹은 밤과 새벽을 나누듯 그림 속 경계를 이루고 있다. 조이스 킬머는 "나무처럼 아름다운 시는 결코 볼 수 없으며 오직 신만이 나무를 만들 수 있다"고 노래했다. 그러니 나무는 경계를 이루는 지표로서 더할 나위 없이 훌륭한 소재이다.

자세히 보면 세 번째 나무의 붉은 잎은 붉은 단풍처럼 보이지만 단풍이 아니다. 나뭇가지가 꺾여서 시들어버린 가지이다. 나무에서 벗어나 버린, '너희는 가지'라는 성경 말씀을 어떤 웅변보다 더 확실하게 선포해놓았다.

나무의 오른쪽 아래는 야곱이 직면한 현실 세계이다. 말에 채찍을 휘두르고 낙타를 탄 사람과 짐을 머리에 인 여인 등. 야곱의 불안한 심리를 대변하듯 얍복강을 건너는 야곱의 식솔들의 모습도 왠지 불안해 보인다. 형을 속여 형의 축복을 가로챈 죄는 긴 시간이 지났음에도 불구하고 여전히 그대로다. 어른이 되고 일가를 이루어 어떤 누구도 넘보지 못할 부자도 되었는데 그의 앞에 커다란 산처럼 자리하고 있는 죄의 모습이라니…. (야곱만이 아니라 우리 자신도 움찔하게 하고야 만다.)

야곱은 순전하기보다는 약삭빠른 사람이었다. 그래서 그는 그가 할 수 있는 인간적인 방법을 전부 동원해서 에서의 마음을 풀기 위한 방법을 강구했다. 사람의 방법으로 죄가 사해질 리는 만무하다. 죄의 근원을 면대할 시간은 점점 다가오고 시간이 흐를수록 고통과 두려움은 첨예해진다.

밤이 깊어갈수록 야곱은 더욱 고독하다. 야곱은 홀로 더 높고 깊은 숲으로 올라간다. 상쇄되지 않는 죄의 문제가 별빛처럼 선명하게 남아 있다는 것을 밤하늘의 별을 바라보며 야곱은 깨닫는다.

그는 먼저 남을 위협하며 자신을 보호해준다고 여겼던 날카로운 창을 내려놓았다. 화살이 가득 든 화살통도 몸에서 떼어냈다. 자신에게 권위를 준다고 생각했던, 그러나 자신의 껍데기에 불과한 겉옷을 벗고 모자도 벗었다. 그렇게 빈 몸과 빈 마음으로 주의 사자와 독대했던 것이다.

야곱의 비범함이 바로 여기에 있다. 하나님을 의지하는 마음! 어둠이 물러갈 때까지 야곱은 하나님과의 씨름을 계속한다. 애통의 눈물이 비 오듯 흘렀을 것이고 회한의 상념이 수만 근의 무게로 짓눌렀을 것이다. 얼마나 간절하게 통회했을까?

아침 햇살이 스며들기 시작한다. 야곱은 온몸의 힘을 다하여 천사의 팔을 붙잡고 들이대지만 천사는 그저 가만히 마치 야곱이 넘어지지 않게 막아주기라도 하듯 붙잡고 있다. 명암의 대비는 선명하고 거친 듯 섬세한 붓 터치가 야곱의 근육을 생색하게 드러낸다.

천사의 표정은 '아이고 이러다가 이놈 다치겠네. 아이 참, 이놈… 제법이군… 당차기도 하지. 그 인내심이 제법이야… 이제 그만 져 줘야지….'이다.

환도 뼈를 잡은 손에 살짝 힘을 가한다. 야곱이 이스라엘이 되는 시점이다. 절망이 희망이 되는 순간이다. 죄의 속박에서 벗어나는 자유의 시간이다. 야곱은 바로 왕 앞에서 말했다.

내 나그넷길의 세월이 백삼십 년이니이다.

야곱이 자신의 인생을 표현한 나그넷길은 실제 공간적 길이기도 하고 무형의 길이기도 해서 지극히 서정적이다. 그 나그넷길의 클라이맥스-천사와 씨름하는 야곱-를 낭만주의 화가 들라크루아가 프랑스에서 두 번째로 큰 생 쉴피스 교회의 벽에 그렸다. 화가 말년의 대작이다.

빈센트 반 고흐, 「첫 걸음」, 1890

순간을 정지시켜

딸아이 결혼식 순서지에 고흐의 「첫걸음」을 넣었습니다. 혼자에서 둘의 삶이 시작되는 길목에 딱 어울리는 그림이 아닐까 싶었습니다.

딸아이 첫걸음을 상상해 보기도 했습니다.

"섬마섬마!"

엄마 아빠의 환성 속에서 무엇인가를 의지해 겨우겨우 서게 될 때, 차츰 섬마가 안정되면 아무도 가르쳐 주지 않는데도 아이는 발걸음을 한발 앞으로 내밉니다. 모든 아기들이 다 하는 첫걸음인데도 저절로 탄성이 발해지는 경이로운 시간이었지요.

'첫'은 싱싱한 삶의 에너지를 가득 품고 있습니다. 기실 그 어느 때보다 더 많은 실패를 품고 있음에도 말이지요. 아이의 첫걸음은 삶의 비의처럼 수많은 넘어짐의 시작이니까요.

고흐가 세상을 떠나던 해 완성한 작품으로 밀레의 「첫걸음」-테오가 보내준 흑백사진-을 모사한 그림입니다. 생 레미에 있는 동안 그는 80여 점의 작품을 그렸는데 그중에서 밀레의 모작 21점을 그렸습니다. 고흐는 렘브란트와 밀레를 아주 좋아했거든요.

모든 창조는 모방에서 시작된다는 평이한 문장을 기억하면서도 일견 밀레를 모작하는 고흐의 마음결에 시선이 머물기도 합니다. 자신이 바라보는 세상에 자신이 없지 않았을까, 자신이 그린 작품 속 시선이 맞나 회의가 생기지 않았을까? 그래서 가장 좋아하는 사람의 그림을 모사하지 않았을까?

그러나 제목과 모티브만 같을 뿐 이 둘은 전혀 다른 그림입니다. 평생 고흐의 힘이 되어주었던 동생 테오가 아기를 낳았다는 소식을 들은 후 고흐는 벚꽃처럼 아련하게 피어나는 「아몬드 꽃」을 그립니다. 그 후 이 「첫걸음」을 그리게 되죠. 그는 「밤의 카페 테라스」를 그린 후 별을 그릴 때가 참 좋았다고 동생에게 썼습니다.

「첫걸음」을 그릴 때 그의 마음은 어땠을까요? 평생 홀로 살아온 그의 가슴 속에는 테오의 아들, 자신의 이름을 딴 그 아이에 대한 사랑이 솟아나서 어찌할 바를 모르는 상태로 그림을 그렸을 겁니다. 외로운 삶이어서 더욱 아이에 대한 사랑이 불타올랐겠지요. 아이를 향해 팔을 벌렸지만 아직 채 아이를 안지 않고 있는 아빠를 자신으로 여겼을까요? 아빠와 엄마 사이에서 미래에 대한 어떤 불안도 모르는 아이를 그리며 자신의 행복했던 어린 시절을 생각했을까요? 그의 편이었던 어머니를 그리워하며 그렸을지도 모르겠습니다. 그가 그린 수많은 자화상 가운데 어머니에게 보여주기 위한 자화상은 아주 순해 보이면서 털도 없는 미남 고흐였거든요.

「첫걸음」은 놀라울 만큼 따뜻한 그림입니다. 나무는 몽글거리며 신록의 세계를 지나가고 있고 밭의 작물들도 따스한 햇살 아래 솟구치며 자라납니다. 젊은 농부는 자신의 가족을 위해 애써서 일하다가 아이의 음성을 듣습니다. 사랑하는 아내가 아이의 손을 잡고 대문을 나서고 있습니다. 아빠를 발견한 아이가 그 서툰 걸음으로 무작정 아빠를 향해 달려듭니다. 아빠는 일하던 농기구를 던져버린 채 아이를 향해 두 팔을 벌립니다. 아내는 아이가 넘어질까 봐 아이의 팔과 몸을 붙듭니다. 아빠는 달려오라고 하고 엄마는 천천히 가라고 잡습니다. 아빠는 팔을 힘껏 뻗고 기다리지만 엄마는 아이와 함께 걸어가 줄 것 같습니다. 부모는 똑같이 아이를 바라보고 있지만 거리가 조금 있는 아빠와 아이와 혼연일체가 되어있는 엄마. 사랑의 다른 모습을 슬며시 보여주기도 합니다.

아주 짧은 순간의 그림입니다. 작품 속 저 장면은 순식간에 변화되겠지요. 아이는 아빠를 향해 걸어갈 것이고 아이는 넘어지거나 아빠 품에 안기겠지요. 그렇게 시간은 순식간에 지나가 버립니다.

「첫걸음」은 순간을 정지시켜 영원化합니다. 그래서 예술이 무엇인가에 대한 명확한 답을 주는 작품이기도 합니다. 그러고 보니 우리 모두도 명화입니다. 그분이 창조하신 이 세상 단 하나의 명화! 고흐의 순간도 영원化 되는데 하물며 그분께서야.

　고봉으로 가득 담은 쌀밥처럼 이팝나무 꽃이 하얗게 피어나는 시간입니다.

고독의 정수

역설적이지만 많은 화가들이 싱싱하고 아름다운 꽃을 그리는 이유는 꽃이 이울기 때문이다. 이울지 않는 꽃은 꽃이 아니라는 논리도 가능하다. 시듦은 존재의 고독이자 향연이며 완성일 수도 있다.

독서는 혼자 하는 행위의 으뜸으로 사람을 성숙시키고 인격을 고양한다. 책이 지닌 지식과 창조력, 상상의 힘이 에너지의 원천일 거라는 해석은 피상적인 풀이일 수 있다. 그보다 더 근원적인 힘은 독서가 지닌 고독의 시간. 혼자만의 시간이 주는 열매일 것이다.

부활하신 예수님의 첫마디는 평강Peace이었다. 사전식 무사와 무탈, 혹은 즐거움이나 기쁨, 행복 같은 가벼운 것들이 평강일 수는 없다. 생명과 죽음을 성찰하는 지점에서 진정한 평강이 시작되며 생의 이면을 바라볼 수 없다면 평강 역시 존재하지 않을 거라는 강렬한 메시지. 고독한 죽음의 강을 건너 부활하신 주님께서 말씀하신 것이다.

오귀스트 로댕의 조각 「칼레의 시민」*은 고독의 정수이자 고독의

오귀스트 로댕, 「칼레의 시민」, 1889

아우라다. 죽음 앞에 선 여섯 사람이 내뿜는 절망과 탄식, 체념과 슬픔, 아픔과 두려움에 대한 형언키 어려운 몸짓들은 생이 지닌 극한의 고독을 엿보게 한다.

비 오는 날 플라토 미술관* 안에 관람자는 나 혼자였다. 저잣거리 오고 가는 사람의 기운이 덜 해선가, 슬픔이 지닌 서늘함과 비탄이 부유하고 있었는데 절망과 고통 속에서 그들은 오히려 나보다 더 살아있는 것처럼 여겨졌다. 금방이라도 발걸음을 뗄 것 같은 다리의 근육과 팔의 움직임, 짙고 음울한 눈빛들은 깊고 깊었다. 죽음 앞에 선, 그러나 아직 살아있는 사람인 그들이 내뿜는 절망의 온도라니!

중앙의 외스타슈 드 생 피에르는 사려 깊고 침착하지만 단호하고 강인해 보인다. 그의 슬픔은 소리 없는 탄식처럼 가슴을 저며낸다. 장중한 슬픔을 나타내는 표정의 절규. 가까이 다가온 죽음의 사신이여 어서 오라. 그러나 나를 사랑하는, 그리고 내가 사랑하는 이들을 어찌할까? 신이시여! 절망 가운데 신을 부르는 고독한 영혼의 결기가 느껴지는 얼굴은 슬픔의 완성을 보여주는 듯 아름답기 그지없다.

피에르 드 비쌍, 과장된 손가락과 뒤틀린 팔은 고통과 슬픔으로 점화된 불꽃처럼 차갑게 타오른다. 커다란 팔과 뭉툭하면서도 섬세한 발은 전진과 함께 딱 그 정도의 망설임을 절묘하게 포착해낸다. 고통이 눈물이라면 그의 몸은 비를 가득 머금은 구름 같기도 하다.

고통스러운 듯 머리를 감싼 앙드리위 당드르 품 안으로 살짝 고개를 들이밀어(가능하다) 그와 눈을 마주쳐 보았다. 어둠 가운데서 더욱 깊고 선명한 눈. 그는 흐르는 눈물을 감추노라 고개를 숙였을까?

눈을 아래로 깐 외스타슈 드 생 피에르는 가야 할 길을 아는 자의 고뇌를 여실하게 보여준다. 번뇌와 함께 체념으로 가득한 얼굴이다.

죽음이라는 절체절명의 시간 앞에서 나약할 수밖에 없는 인간의 모습은 죽음은 오직 각자의 몫이라는 웅변을 담고 있다.

100년 전쟁 때 영국 왕은 항복의 의미로 칼레시의 유지 여섯 명의 목숨을 가져오라고 했다. 이때 칼레시의 가장 부유한 인물인 외스타슈 드 생 피에르가 나섰다. 시장인 장 테르가 뒤를 이었고, 부자 상인과 그 아들이 나섰다. 노블레스 오블리주의 시작.

제3공화국 시절 프랑스는 프로이센에 패배한다. 이 패전으로 인해 저하된 애국심을 고양시키려는 의도하에 「칼레의 시민」 여섯 사람을 불러냈다. 그러나 사람들이 원하는 진실과 로댕의 진실은 달랐다. 시민들은 영웅 탄생을 원했지만 로댕은 말했다.

"나는 좌대가 싫소. (지금도 여전히 수많은 영웅은 좌대 위에 높이 서 있다.) 나는 사람들과 어깨를 마주하고 싶소. 그들과 함께 그들 사이에서 진실을 이야기하는 사람을 만들겠소."

로댕은 비록 그들이 자기의 목숨을 많은 사람을 위해 희생했지만 그들의 내적 고뇌와 두려움, 고통을 그려냈고, 목숨을 초개같이 버리는 위대한 영웅보다는 회한과 비애를 직시했다. 어쩔 수 없는 슬픔과 탄식에 젖어있는 사람들. 칼레의 성문 열쇠를 쥐고 목에 올가미를 매고 죄수처럼 죽음의 길에 다가서는 6인. 그들의 등에는 슬픔의 덩어리가 십자가처럼 매달려 있다.

로댕은 「칼레의 시민」이 영웅이 아니라 사람이기를 바랐다. 휘황한 명성보다 진실한 생의 시간을 조각했다.

「칼레의 시민」 앞에서 우리는 아주 작은 문자를 해독하게 된다.

고통은 고통으로 슬픔은 슬픔으로만이 약화된다는
고통과 슬픔은 오래도록 살아남아서 남은 자를 위무해준다는
아름다움(예술)은 고뇌와 비애이며 고통과 슬픔을 원료로 한다는

- 「칼레의 시민」은 12번째 에디션(edition:하나의 형틀로 찍어낸 조형물에 제작 순서대로 붙이는 번호)으로 프랑스 정부는 로댕의 작품을 8·12번째 에디션까지만 진품으로 인정한다.

- 플라토 미술관은 로댕의 「대성전」을 모티브로 건축. 로댕의 두 작품 「지옥의 문」과 「칼레의 시민」을 상설 전시한 도심 속 로댕 전문 미술관이다. 불행히도 2016년 문을 닫았다.

피터 브뤼겔, 「바벨탑」, 1563

예배당이 바벨탑인지

두드려 봐야 한다

　화분에 목화씨를 심었다. 병원에 입원하신 엄마가 목화씨를 심어야 한다고 해서 해보겠다고 약속을 했기 때문이다. 화분의 흙과 거름을 섞어 부드럽게 만들고 씨앗을 살짝 묻었다. 과연 그 단단한 씨앗에서 싹들이 돋아날까? 설령 싹은 돋아난다고 하더라도 그 여린 것들이 이 땅을 뚫을 수 있을까? 처음으로 하는 씨앗을 심는 행위가 의외로 생각의 줄기 속을 파고들어 왔다.

　어느 날, 화분의 흙들이 살짝 부푼 듯했다. 분명 무엇인가가 땅 아래서 움직인 것 같기도 하다. 착시였을까?

　며칠 뒤 하얀 벌레 같은 것이 보였다. 틀림없이 순 같았다. 그 작은 것에서 잎사귀가 솟아나고 꽃이 피고 열매를 맺는다는 말이지?

　실제 지구라는 땅에서 살아가는 모든 생명체는 중력의 다스림(?)을 받고 있다. 그런데 이 작은 식물이 연약한 힘으로 중력을 거스른 것이다. 순의 힘이 센 것일까, 어린 순에게 지구의 중력이 너그러운 것일까?

가만 생각해보니 어린싹 이야기만이 아니다. 사람의 한살이도 마찬가지 아닌가. 사람의 성장은 십 대 후반에서 멈추게 되며 성장이 멈춤과 동시에 쇠락의 길을 걷게 된다. 어느 나이에 다다르면 곧게 솟았던 키조차 작아지고 약해지며 땅으로 가까이 다가서게 된다. 점점 눕는 시간이 많아지다가 어느 순간 영원히 중력과 합일하게 된다. 하나님의 뜻 아닌 자연의 대소사는 없고. 지구의 중력 역시 하나님의 섭리를 정연하게 보여주는 예표일 것이다. 메멘토 모리를 기억하며 창조주 앞에 겸손하라는 지극한 사인.

그림은 피터 브뤼겔의 「바벨탑」이다. 거대한 건물은 구름 위까지 올라서 있다. 당당하고 화려하다. 수많은 계단과 사다리 탑은 거침없어 보인다.

바벨은 히브리어로 '혼돈'이란 뜻이라고 성경에 나타나 있다. 그러나 bab(문)와 el(신)의 합성어라는 견해도 있다. 창세기는 기록하고 있다.

자, 성읍과 탑을 건설하여 그 탑 꼭대기를 하늘에 닿게 하여 우리 이름을 내고

그러니까 바벨탑은 이름에 대한 이야기일 수도 있다. 존재와는 아무런 상관없이 허황한 명성에 주력하는 자들의 행위. 그들은 삶이 어떻게 시작되었는지 그 끝이 어디로 향하는지 전혀 생각하지 않는다. 오

직 지금 현재만 바라보는 근시안들이다.

바벨탑의 위용은 아름다운 나무들조차 작고 초라해 보이게 한다. 바다조차 건물에 종속된 물줄기처럼 여겨진다. 먼데 산은 아득하기만 하다. 건물을 지어가는 사람들은 건물에 압도되어 건물을 짓는 이가 아니라 오히려 건물에 예속된 노예처럼 보이기도 한다.

고개 숙이며 일에 몰두한 이들에게 묻고 싶다. 무엇 때문에 무엇을 위하여 그렇게 열심히 일하시오? 당연히 삶에 필요한 돈을 좇다가 오히려 돈의 노예가 되어버리는 현대인들을 연상하게 한다.

그림의 하단에는 권력자 니므롯 왕이다. 석수장이들은 그 앞에 머리를 조아리고 권력자는 한껏 거만한 표정이다. 화려한 옷에 금 구두를 신은 모습이지만 그 역시 바벨탑의 주인은 아니다.

그림을 더욱 자세히 보면 이 거대한 바벨탑은 기우뚱 기울어져 있다. 금방이라도 무너져 내릴 듯한 반석 위에 세워져 매우 단단한 것처럼 보이지만 여기저기 금이 가고 한 귀퉁이가 흘러내리는 듯한 아슬아슬한 느낌도 있다.

무엇보다 주목해야 할 것이 바로 바벨탑의 미완성이다. 죽음이라는 완성을 향하여 가는 길인데 아무도 죽음을 생각하지 않는다. 그렇게 살다가 도달한 인생의 끝날 같은 모습. 주께서 사랑으로 칭의해 주시지 않으면 아무것도 아닌 것이 되는 우리의 미래를 바벨탑의 미완성은 여실히 보여주고 있다.

사람들에게는 바벨탑 본능이란 것이 있다고 한다. 중력을 거스르는 치솟는 욕망 같은 것일 것이다. 자족을 모르는 어리석음일 것이다. 감사할 줄 모르는 피폐함일 것이다. 교회 안에서 열심히 신앙생활 하는 것이 혹 자신의 이름을 '날리기 위해선지', 남을 돕는 손길이 자신의 이름을 '떨치기 위해선지', 혹시 큰 교회를 짓고자 하는 목사나 성도는 자신의 이름을 '내기 위해선지….' 예배당이 바벨탑인지 점검해봐야 할 것이다. 그러나 그럼에도 불구하고 그림 속에는 하얀 빨래를 너는 이가 나오고 식물을 기르는 사람도 있다. 권력자가 있는 멀지 않는 곳에 누워서 휴식을 취하는 사람이 있는가 하면 바지춤을 내리고 큰일을 보고 있는 이도 있다. 그의 뒷모습은 아주 선명하게 그려져 있는데 이 대목에서는 저절로 미소가 나오고야 만다. 아무리 거대한 프로젝트가 이루어지고 있다 하더라도 인생은 결국 아주 소소한 것들로 이루어져 간다는 브뤼겔의 웅변이 들리는 것 같기도 하다.

브뤼겔은 세 종류의 바벨탑을 그렸는데 두 개만 전해온다. 또 다른 하나는 「작은 바벨탑」이란 이름으로 불리는데 아주 작고 섬세한 필치로 바벨탑으로 걸어 들어가는 성직자의 모습이 그려져 있다. 유심해지는 부분이다.

지금 우리는 헤아릴 수도 없는 바벨탑 속에서 살아가고 있다. 세계 최대와 세계 최고, 세계 유일을 향하여 부나비처럼 전진하고 있다. 설령 그렇지 않다고 하더라도 나만의 바벨탑, 작은 지식이나 적은 돈, 작은 권력으로 내 이름 아래 교만의 바벨탑을 쌓고 있는 것은 아닌지….

브뤼겔의 「바벨탑」을 보며 나를 가만히 들여다본다.

살아서 만난 당신

러시아 여행에서 가장 큰 기대를 한 곳은 예르미타시 미술관이었어요. 상트-성 표트르＝페테르＝베드로 부르크-땅의 복합적인 단어, 베드로의 땅이라는 의미이지만 상트 페테르부르크를 세운 사람 표트르 대제의 땅이라는 의미도 되겠지요.

루브르와 대영 박물관에 이은 세계에서 세 번째로 큰 박물관, 그러나 프랑스나 영국처럼 갈취(?)하지 않고 컬렉션한 작품이라는 자부심이 강한 박물관이었어요. 방이 1,056개에 지붕 위 조각만 해도 170여 개. 작품 하나에 일 분씩 할애한다 해도 수년이 걸린다 하니 무슨 감상을 할 수 있겠어요. 더군다나 사람들은 마치 서로가 서로를 떼밀듯 밀려다니는데….

그래서 목표를 아주 작게 잡았어요. 루브르 미술관에서 「모나리자」를 보듯 렘브란트의 「돌아온 탕자」만 보자. 그리고 마티아스 스토머의 「야곱과 에서」를 만날 수 있다면 얼마나 좋을까?

렘브란트 판 레인, 「돌아온 탕자」, 1668~1669

예르미타시의 가장 유명한 작품인 「돌아온 탕자」는 홀로 사람 눈에 아주 잘 띄는 곳에 거하서서 수많은 사람 가운데서라도 알현할 수 있었는데 「야곱과 에서」는 보지 못했어요. 궁전의 무수한 방을 들락거리다가 그 방을 놓친 게지요. 지나가고 흘러간 것들이 어디 한둘인가요?

사람들이 유별나게 많아지기 시작하더니 「돌아온 탕자」가 나타났어요. 「모나리자」의 작은 사이즈와는 비교할 수 없이 많이 컸어요. 멀리 있는데도 아침 햇살 같은 광채가 눈부시더군요. 범접할 수 없는 아우라가 서려 있었어요. 그렇게 오래된 작품이 어쩌면 저렇게 환할 수 있을까? 색들은 찬연해서 사랑은 더 깊게, 누추함은 더욱 누추하게, 질투는 선명하게 보여주고 있었죠. 정말 눈부신 작품이었어요.

성경 어디에도 없지만 그가 아버지께 돌아갈 마음을 품은 것은 이른 봄이었을 거예요. 그는 들에서 돼지를 치고 있었으니까요. 북풍한설이 물러가고 따스한 햇볕이 내리쬐는 날이었죠.

아! 어느새 솟아나 있는 저 어린 풀들이라니요. 어디선가 불어오는 부드러운 훈풍은 나무에서 돋아나려 하는 새순을 만지듯 그를 어루만졌을 거예요. 아련한 아지랑이는 그의 외로움을 지나 기억의 창을 열었을 거예요. 차마 사람이라는 체면 때문에 꼭꼭 닫아걸고 열지 못했던 창문 말이죠.

아버지에 대한 기억은 그에게 희망과 용기를 주었을 거예요. 가야 할 길을 아는 지혜로움도 거기 자리하고 있었겠지요.

나를 품꾼의 하나로 보소서 하리라 하고 이에 일어나서 아버지께로 돌아가니라.

아버지는 아들을 기다리고 있었어요. 거지 같은 아들이면 어때요. 사랑하는 아들인걸요. 아버지는 아들을 포옹했죠.

그런 그들을 바라보는 세 사람의 응시 좀 보세요.

저 맨 뒤의 흐릿한 가운데 있는 사람은 호기심 가득한 눈빛이네요. 아마도 직속상관인 큰아들에게 구박을 당하던 시종일지도 모르겠어요. 돌아온 둘째 아들을 환대하는 아버지를 보며 '이야 재미있군. 과연 다음 장면은 뭘까?'라고 생각하는 것 같아요. 예수님 주변에 많았던, 그리고 지금도 여전히 많은 구경꾼이네요. 모자를 쓴 사람은 아주 진지하게 이 장면을 바라보고 있어요. 아마도 그 집의 모든 일을 관리하는 집사장이 아닐까요. 그는 아버지와 아들을 바라보고 있지만 실제는 그 장면이 가져올 자신에 대한 영향을 생각하고 있는 듯해요. 수많은 권력가나 제사장들이 예수님을 보는 대신 자신에게 다가올 파급 효과만을 생각했듯이 말이죠.

서 있는 사람은 큰아들입니다. 질투와 욕망에 젖어있는 눈빛을 좀 보세요. 오랜만에 돌아온 동생에 대한 긍휼은커녕 아버지 품에 안겨있는 자에 대한 미움이 가득하고, 그를 안고 있는 아버지에 대한 증오심이 차고 넘치네요. 우리가 거울에서 자주 보는 우리의 눈 아닌가요?

"아니 도대체 지금 벌어지고 있는 상황은 뭐지? 아버지! 한 번도 나를 그렇게 안아주신 적 없으셨잖아요. 나는 날마다 아버지 곁에서 아버지 말씀에 순종하고 살았는데 지금 뭐하시는 거예요?"

그보다 맞잡고 있는 저 두 손은 금방이라도 무슨 일을 저지르고야 말겠다는 듯 힘이 가득 들어 있네요.

거지가 되어서 돌아온 아들은 차마 고개를 들지도 아버지를 바라보지도 못한 채 아버지의 품에서 울고 있습니다. 아버지의 손길이 이렇게 따뜻하다니, 아버지가 나를, 이 죄 많은 나를 이렇게 아직도 사랑하고 계시다니⋯. 슬픔과 회한에 가득 차서 차마 얼굴을 들 수 없었겠지요.

아버지는 어떤가요? 환한 빛 가운데서 아들을 품고 있는 아버지요. 아, 눈을 감고 있네요. 너의 두려움도, 너의 더러움도, 너의 죄악도, 너의 불순종도 다 보지 않겠다. 오직 돌아온 너만, 내 아들인 너만 보겠다는 선언을 저렇게 감은 눈으로 하는 거겠지요. 혼자 속삭일 수밖에 없었어요. 아, 살아서 당신을 볼 수 있다니⋯.

렘브란트는 평생 성경을 깊이 묵상하면서 그림을 그린 사람입니다. 「돌아온 탕자」도 여러 버전으로 많이 그렸다고 해요. 젊은 시절에는 탕자에 초점을 맞추었지만 나이 들어갈수록 그는 탕자를 받아들이는 아버지에게 포커스를 향했다고 해요. 그러고 보니 탕자만 안겼을까요? 저 그림을 바라보는 우리도 아버지 품에 안긴 것 아닐까요?

디에고 벨라스케스, 「요셉의 피 묻은 옷을 받는 야곱」, 1630

옷이 지닌 시적 은유

디에고 벨라스케스는 스페인 최고의 바로크 화가이다. 그가 그린 유명한 그림 「시녀들」의 주인공은 펠리페 4세와 딸 마가리타인데 실제의 인물은 잊히고 사라졌지만 작품 속 왕과 공주는 지금까지도 싱싱하게 살아있다.

역사상 가장 유명한 초상화로 인정되는 「교황 인노켄티우스 10세」도 해가 갈수록 그 위용이 높아만 가니 중국 진시황과 달리 서구의 권력자들은 예술이 '불로초'라는 것을 미리 알았던 것이 아닐까?

그가 1630년에 그린 「요셉의 피 묻은 옷을 받는 야곱」은 창세기 37장이 그 배경이다. 요셉의 형들은 동생을 애굽 상인에게 판 뒤 요셉이 입었던 화려한 채색 옷에 숫염소의 피를 적셔 야곱에게 가져가 "아버지 아들의 옷인가 보소서" 묻고 있다. 자신들이 대답해야 할 답을 질문하며 오히려 떠넘기고 있다. 요셉을 지칭하는 '당신의 아들'이란 호칭은 그들의 차가운 내면 상태를 나타내고 있다.

카라바조의 영향을 받은 그림답게 명암의 대비가 선명하다. 환한 빛은 요셉의 옷을 비추고 있는데 야곱의 눈은 오직 요셉의 옷으로만(!) 향해 있다. 야곱은 요셉의 형들이 원한 대로 요셉이 들짐승에게 잡아먹혔다고 믿는다. 두 팔은 활짝 벌려져 놀라움과 슬픔을 극명하게 내보이고 있으며 금방이라도 털썩 주저앉을 것 같다. 어쩌면 벌떡 일어나 요셉의 옷으로 돌진할 것 같기도 하다. 사랑하는 아들을 잃은 참척으로 인해 넋이 나가버린 찰나다.

야곱 곁에서 슬픈 표정으로 생각에 잠겨있는 형제는 거짓말의 파장과 그 일이 자신에게 미칠 영향을 생각하고 있는 것처럼 보인다. 이런 상황 속에서도 오직 자기만을 생각하는 극도의 이기심. 그 뒤의 형제는 아버지와 거짓말하는 형제를 번갈아 보면서 여기저기 눈치를 살피고 있다.

마치 벽이라도 쳐낼 것처럼 탄식의 눈물을 지어내고 있는 형제의 뒷모습. 요셉의 옷을 쥐고 있는 옆모습과 앞모습은 거짓말을 극대화 시키고 있는 작가의 장치이다. 슬픔으로 위장한 채 거짓을 더욱 강화시키는 자연스러운 움직임.

우리 몸의 신경은 자신의 의지대로 움직일 수 있는 체신경과 자신의 뜻과는 상관없이 스스로 움직이는 자율 신경으로 나뉘는데, 거짓말을 할 때면 저절로 자율 신경의 변화가 일어난다고 한다. 요셉 형들의 팽팽하게 살아 움직이는 몸의 근육은 입에서 발해지는 거짓말에 대한 몸의 정직한 반응일 것이다.

가장 앞서서 아버지에게 거짓말을 고하고 있는 검은 옷을 입은 형제의 표정은 양면적으로 읽힌다. 야곱의 얼굴을 치밀하게 살피고 있는가 하면 아버지의 슬픔에 자신도 같이 놀라며 슬퍼하고 있는 것처럼 보이기도 한다. 거짓말과 양심이 한 표정 안에 풍부하게 교차하는 미묘한 지점을 절묘하게 포착해 표현해냈다. 외면 속에 그려지는 내면에 대한 표현은 경이로울 정도이다.

개는 본능적으로 알고 있다. 요셉의 옷에 묻은 피가 다른 동물의 것이라는 것을. 그래서 온순하던 개는 꼬리까지 바짝 세우면서 짖고 있지만 거짓말 속에 몰입되어 있는 사람들에게 개 짖는 소리 - 진실의 소리는 무시되거나 아예 들리지도 않는다.

내용에 걸맞게 전체적으로 어둡고 답답한 그림이다. 겨우 숨통을 틔워주는 곳은 푸른 하늘과 나무가 보이는 창문이다. 창밖 풍경은 방 안에서 이루어지는 일을 객관화시켜주는 역할을 한다. 창은 거울이 되어 거짓말하는 사람들을 비추지만 아무도 그 거울에는 관심이 없다.

어쩌면 요셉의 팔림은 그의 채색 옷 때문인지도 모른다. 야곱이 요셉을 특별히 사랑했다 하더라도 그에게 채색 옷을 입히지 않았더라면, 다른 형제들과 공평한 옷을 입혔더라면 형들은 그렇게 모진 행동을 하지 않았을지도 모른다. 옷은 사람보다 먼저 눈에 띈다. 그래서 사람의 마음을 사로잡거나 빼앗거나 혹은 증오하게 만드는 중요한 요인이 될 수 있다.

사랑하는 요셉에게 채색 옷을 지어줄 때 야곱은 자신의 과거가 기억나지 않았을까? 축복을 빼앗기 위하여 형의 옷을 가져다가 입고 아버지 이삭을 속인 것을 기억했다면 어쨌을까? 결국 에서의 옷을 입고 아버지 이삭을 속였던 야곱은 다시 또 자신이 만들어준 요셉의 채색 옷으로 아들들에게 속는 아이러니한 일이 벌어졌다. 사랑의 증거였던 채색 옷이 죽음의 증거물이 되어 야곱에게 돌아왔다.

랄프 왈도 에머슨은 의복에만 마음이 쏠리는 것은 마음과 인격이 잠든 탓이라고 했지만 개들도 옷 잘 입은 것을 알고 느껴서 좋은 옷을 입은 사람은 공격하려 하지 않는다고도 한다.

예수님의 옷에 손을 대는 자는 성함을 입었다. 감히 예수님께 어떤 것을 바라지 못하고 그저 옷자락이라도 한번~ 하는 간절한 마음에 대한 응답이었다. 당연히 예수님의 옷은 채색 옷이 아닌 아주 소박한 옷이었을 것이다.

이 작품을 볼 때마다 요셉의 형들이 입은 짧은 튜닉과 가짓수도 많고 색깔도 다양한 요셉의 채색 옷을 바라보며 그 차이를 생각하지 않을 수 없다. 옷이 지닌 은유가 풍부하다. 회화의 최종 목적지는 詩라고도 했다.

고흐의 고백일까?

태양이 뜨겁다. 朱夏. 붉게 타오르는 태양 빛 속에서 열매도 붉어진 다는 뜻이리라.

실제 여름은 열매를 맺는 열매 實을 어원으로 한다. 어쩌면 여름은 열매를 위하여 가장 필요한 시간일 것이다. "왜 이렇게 더워!" 할 것이 아니라 선하고 아름다운 계절이라 여기며 오히려 더위를 즐겨 보는 것 이 어떨까? 굳이 먼 길 가는 피서 아니라도 가벼운 샤워 후 대자리 위 에서 읽는 좋은 책 한 권이면 최고의 여름나기겠다.

고흐도 독서를 좋아했다. 고흐의 아버지는 가난했지만 훌륭한 목사 였다고 한다. 특히 저녁이면 온 가족이 함께 독서하는 시간을 가지곤 했다.

동생 테오에게 보낸 편지에서 고흐는 자신이 읽은 책 이야기를 많이 했고 그 책을 테오도 함께 읽기를 바랐다. 책을 좋아하던 고흐는 프랑 스 소설을 모델로 삼아 책을 그리기도 했고 협죽도 정물이나 양파 놓

빈센트 반 고흐, 「성경이 있는 정물」, 1885

인 접시 주변을 그린 정물에서도 책을 등장시킨다.

고흐는 인물화가의 화실에서 소설을 발견하지 못할 때 공허함을 느낀다며 독서는 더 많이, 더 잘 그릴 수 있게 만든다고 말하기도 했다. 그래선지 책을 읽고 있는 인물화도 여러 점인데 그 중 유명한 「아를의 여인(지누 부인의 초상)」에서 지누 부인은 낡은 책을 들고 있다. 고갱이 그린 지누 부인은 압생트 술병이 놓여 있는데 전혀 다른 분위기의 사람이다.

"내가 얼마나 성서에 이끌리고 있는지 넌 아마 잘 모를 것이다. 나는 매일 성서를 읽는다. '주의 말씀은 내 발의 등불이요, 내 길의 빛입니다'는 말씀에 비추어 내 삶을 이해하려 한다."

고흐가 테오에게 보낸 편지 속의 글이다.

고흐는 예수를 가리켜 "어느 누구도 아닌 화가로서… 산 몸 안에서 일하는 최고의 미술가"라고도 썼다.

생 레미 요양원 시절에 그린 「피에타」에 나오는 예수의 얼굴을 자신의 얼굴로 그려 넣은 것은 예수를 닮고자 하는 자신의 열망을 표현했을 것이다.

실제 고흐는 목회자가 되고 싶어 했다. 그러나 성서 학교 시험에 실패했고, 전도사로 봉직하던 곳에서도 적응하지 못한 채 나와야만 했다. 그런 고흐에게 아버지는 실망했다.

아버지가 돌아가시고 난 후 고흐가 그린 「성경이 있는 정물」이다. 어쩌면 이 그림은 그런 아버지에게 보낸 고흐의 사부곡으로도 읽힌다.

그림 위에는 이사야라는 글씨가 살짝 보인다. 고난받는 종의 이야기가 실려 있는 이사야서 53장이 펼쳐있다고 말하는 사람이 있는가 하면 "하늘이여 들으라 땅이여 귀를 기울이라 여호와께서 말씀하시기를 내가 자식을 양육하였거늘 그들이 나를 거역하였도다"라는 고흐의 마음을 대변한 이사야서 1장 2절이 펼쳐져 있을 거라고 추측하는 사람도 있다.

성서 곁의 자그마한 책은 에밀 졸라가 쓴《삶의 기쁨》이다. 이 그림에 대한 해석은 분분하다. 에밀 졸라의 책을 넣음으로 아버지에 대한 저항 의식을 표현한 것이다. 혹자는 고난 가운데 내재한 삶의 기쁨을 의도했을 거라는 절충안을, 어느 평론가는 '성서＝신앙과 문학'을 종합하려 했다면서 문학이 성서와 대치하는 것이 아니라 문학으로 보충하려는 의식의 소산일지도 모른다고도 했다.

사람들의 설왕설래와는 다르게 그림은 의외로 단순하다. 불 꺼진 초는 아버지의 생명이 끝났다는 것을 암시하지만 촛대는 무겁고 장중하며 권위적이다. 평생을 우직한 모습으로 성경을 바라보며 성경과 동행했을 아버지의 모습처럼 보이기도 한다. 하드 커버의 성경은 크고 강인해 보인다. 생명을 향한 말씀을 담기에 조금도 부족함이 없어 보이는 권위 있는 모습이다.

거기에 비해 에밀 졸라의 책《삶의 기쁨》은 얼마나 가볍고 경쾌한가? 환하고 밝은 색깔이 마치 금방이라도 머리카락 나풀거리며 품에 안길 사랑스러운 소녀 같다.

　고흐는 의도했을까? 성서와 대비된 삶의 기쁨이 얼마나 작은 것이라는 것을, 사람을 매혹시키지만 그 생명이 짧다는 것을, 경쾌하고 사랑스럽지만 언제 무너져 내릴지 모르는 존재라는 것을.

　무엇보다 성서는 눈에 보이지 않는 영혼(어둠으로 치환되는)과 삶의 기쁨 사이에 존재하고 있다. 아름답고 고귀해 보이는 성서는 반석처럼 당당하다. 책상 귀퉁이에 가볍게 얹어져 있는 삶의 기쁨은 금방이라도 책상에서 떨어질 것처럼 보인다.

　고흐는 눈에 보이는 책들을 재현해냈지만, 재현 속에는 무의식적인 그의 마음이 자리하고 있을 것이다. 선택은 당신들의 몫이지만, 그래서 나도 삶의 기쁨을 좋아해서 그 길을 따라 걸었지만… 고흐의 속삭임. 「성경이 있는 정물」은 마치 고흐의 신앙 고백처럼 읽힌다.

카스파르 프리드리히, 「떡갈나무 숲의 대수도원 묘지」, 1809~1810

겨울나무에 어리는 적막

11월은 한 해 중 가장 스산한 달이다. 산 그림자는 깊어지고 사람들의 뒷모습은 고독하다.

아라파호 인디언들은 11월을 모든 것이 사라진 것은 아닌 달이라고 했다. 사라지는 모든 것들 사이에서 사라지지 않는 것도 있을 거라는 위무일 것이다.

만물이 쇠락하는 11월에 자살률이 가장 최저치에 이른다는 의외의 보고서를 본 적이 있다. 나무에 물오르고 새싹 눈부시게 움터 오르면 자살률도 증가하기 시작해 오뉴월에 정점에 이른다니 예술의 근간이 고통과 슬픔에 기인되어 있다는 것과 맥이 통하는 이야기일까?

「떡갈나무 숲의 대수도원 묘지」다. 하늘은 이미 어둠이 점령했고 조금 남은 햇살조차 금방 사라지려고 한다. 한때는 찬란하게 빛나며 사람들의 탄성을 들었을 수도원*은 이미 그 형체조차 없어지고 파사드만 겨우 남아 음울한 우수에 젖어 있다. 허물어져 가는 대수도원의 파사드는 마치 죽음과 삶의 경계선처럼 보인다.

수도원보다 더 오래 살았을 떡갈나무는 앙상한 가지를 드러내고 있다. 휘이휘이 수많은 잎을 떨궈낸 겨울나무는 생의 적막함을 은유적으로 보여주고 있다.

이 황량한 골짜기의 수도원으로 장례식 행렬이 지나가고 있다. 조금쯤 파여 있는 무덤 자리가 보이고 비스듬히 기운 십자가는 오래된 무덤을 나타내주고 있다. 스산하고 쓸쓸하기 이를 데 없는 정경이다.

때는 일몰의 시간이다. 웅혼한 기상을 지닌 떡갈나무는 거대하고, 비록 형체만 남았지만 수도원의 문은 여전히 높고 아득하다. 그 아래 사람들은 얼마나 작고 여린가?

어두움이 밀려오는데 그 사이로 초승달이 살짝 내비친다. 초승달은 사실 한낮에도 이미 하늘에 떠 있다. 단지 눈부신 햇살 때문에 사람들의 눈에 띄지 않을 뿐이다.

작가는 잘 보이지 않는 초승달을 하늘 위에 살짝 그려 넣었다. 초승달을 한참 바라보다가 떡갈나무를 보니 떡갈나무는 오히려 어떤 계절보다 더 확실하게 자신의 존재를 나타내고 있는 것 같다.

어둠이 밀려오지만 어둠의 끝은 새로운 날의 시작이 아닌가? 수도원의 파사드를 지나면 혹시 저물어가는 햇살이 아니라 여명의 햇살이 펼쳐질 수도 있지 않을까?

독일 낭만주의 작가인 프리드리히는 자연을 아름답고 무섭게, 혹은

54

영적인 매체로 표현해서 단순한 자연을 그린 것이 아니라 자연 속에 깃든 숭고함을 느끼게 하는 작가이다. 실제로 그는 "자연은 인간에게 비판적 자기 관찰의 매체여야 하며 예술 경험의 궁극적인 의미도 같다"고 말하기도 했다.

그는 사람의 뒷모습을 즐겨 그렸다. 사람의 뒷모습은 어쩌면 헐벗은 겨울나무처럼 위악이나 위선이 없는 온전한 모습, 무의식으로 보아도 무방할 것이다.

자연을 바라보는 사람의 뒷모습은 사람이 자연의 일부이며 잠시 머무르다 사라질 유한한 존재라는 것을 인식하게 한다. 대자연의 거역할 수 없는 힘과 신비, 광활한 자연과 깊은 숲, 무한한 바다를 통해 신성, 창조주의 섭리를 보여준다고나 할까?

프리드리히는 엄격한 루터파 신자였던 부친을 두었고 열 남매 중 여섯째로 태어났다. 유년 시절 일곱 살 때 천연두로 어머니를 잃었고, 이후 차례로 두 누이가 세상을 떠났다. 그리고 열세 살 무렵 남동생 요한과 발트해의 얼음이 언 호수에서 스케이트를 타다 갑자기 얼음이 깨지면서 남동생이 죽는 사고를 목격하게 된다. 일설에는 동생이 그를 구하려다 죽었다는 기록이 있기도 하지만 동생의 죽음 앞에서 아무것도 할 수 없었던 무력감과 그로 인한 트라우마는 그를 자연스럽게 고독한 산책자의 자리로 이끌었을 것이다.

실제로 그는 지팡이와 스케치 도구를 벗 삼아 홀로 숲을 무수히 산책했다고 한다. 그의 그림 전반에 나타나는 우수를 평론가들은 '알 수 없는 우수'라고 했지만 「떡갈나무 숲의 대수도원 묘지」를 가만히 바라보면 그의 시선이 얼마나 신과 죽음에 천착했는지를, 생과 사의 경계선에서 서성였는가를 느끼게 한다.

어느 평론가는 단언했다.

"일찍이 풍경을 이처럼 '비극적'으로 그린 화가는 없었고 이후에도 없었다."

카스파르 다비트 프리드리히의 「떡갈나무 숲의 대수도원 묘지」는 한 해가 저물어가는 11월에 매우 어울리는 작품이다. 저절로 우리의 내면을 성찰하게 하고 자연스레 자연을 뒤돌아보게 하는 아름다운 작품이다.

---

* 실제 이 수도원은 그라이프스발트에 위치한 엘 데나 수도원인데 프랑스와 스웨덴의 침략 시 요새를 짓기 위해 파괴했다고 한다.

별의 속삭임

　생각해보니 이중섭만 담뱃갑에 그림을 그린 게 아니다. 나도 아주 오래전 일이긴 하지만 성탄절 무렵이면 아버지 담뱃갑의 은박지를 모으던 기억이 있다. 두꺼운 골판지에 별을 오리고 그 위에 은박지를 붙이면 은빛으로 빛나는 별이 되곤 했다. 색종이를 한쪽 면끼리 붙이고 가운데를 알맞게 잘라내서 그것들을 이으면 색색의 체인이 되기도 했다. 오빠들과 함께 색종이 체인을 방문 앞에 매달면 그 몇 가락 선으로 인해 집안 분위기가 달라지곤 했다.

　예배당이라고 해서 별로 다르지 않았다. 지금 생각해보면 참으로 초라한 성탄 트리인데, 12월이 되어 산에서 파온 소나무를 심고 그 위에 별 몇 개 색종이 체인 몇 개 걸고 나면 더 할 수 없이 따뜻하고 아름다운 궁전으로 변하곤 했다.

　지금이야 더 이상 화려할 수 없이 거대한 성탄 트리가 교회만이 아니라 온 세상에 즐비하지만 탄일종이 땡땡땡 울리던 교회 종소리가

휴고 반 데어 구스, 「목자들의 경배(포르티나리 제단화 中)」, 1475~1478

사라져 버린 것처럼 내 어릴 때 그 작은 교회의 성탄 트리가 베풀었던 놀라운 아름다움은 이제 쉬 일어나지 않는다.

15세기에 플란데런에서 활약했던 휴고 반 데어 구스의 「성탄」이다. 이탈리아인 토마소 포티나리가 주문한 제단화로 세밀한 관찰과 사실주의적 전통을 바탕으로 한 생동감 넘치는 작품이다. 무엇보다 수많은 스토리로 변주될 수 있는 매우 흥미로운 작품이다.

우선, 이 슬픔 많은 세상에 오신 아기 예수님은 성탄의 시작부터 질고를 체득하시노라 맨바닥에 빈 몸으로 존재하신다.

마리아의 표정은 참으로 미묘하다. 겸손하게 아기 예수를 지켜보면서도 아직도 이해할 수 없다는 듯 기쁨과 슬픔이 교차하는 감정을 엿보이고 있다. 요셉도 두 손을 모은 채 아기 예수께 경배하고 있지만 경배보다는 오히려 자신에게 일어난 일에 대해 깊은 생각을 하고 있는 것처럼 보인다. 이미 와서 경배하는 천사들과 지금도 날아오는 천사들도 있다. 그런가 하면 여전히 세상 가운데서 세상일에 빠져 있는 사람들도 멀리 보인다.

성탄의 그림에는 드문 마귀가 왼편 상단에 등장하고 있다. 어쩌면 날개가 있다 해서 전부 천사는 아니라는 작가의 곡진한 귀띔일 수도 있다. 황금색 의상을 입은 마귀는 아기 예수를 죽이려 했던 이스라엘의 왕 '헤롯'이고, 그 옆에 하얀 옷을 걸친 마귀는 지옥의 파수꾼으로 전락한 '루시퍼'다.

신앙심 깊은 이 작가는 지상의 왕인 '헤롯'과 신의 권력에 도전한 '루시퍼'를 마귀로 표현해 등장시키며 오히려 '성탄＝아기 예수의 신성'을 확연히 나타내준다.

벗겨진 신발은 구별되고 거룩한 장소를 의미한다. 정면의 정물화는 마치 사람이라도 되듯 아기 예수께 경배하는 것 같기도 하고, 아기 예수께 집중하고 있는 것처럼 여겨지기도 한다.

사실적이면서도 화려한 이 정물화의 붉은 백합은 예수님의 고난을 상징하고 있으며 세 송이의 카네이션은 성삼위일체를 형상화하고 있다. 밀 다발은 베들레헴을, 그리고 보라색의 매발톱꽃, 콜롬바인은 땅을 향해 고개를 숙이고 있는 그 겸허한 자태로 인해 이 슬픔 많은 세상을 은유하고 있다.

화려한 옷을 입은 사람들이 목자들보다 더 가까이 아기 예수 곁에 있다. 그들은 아기 예수께 경배하는 듯 보이며 참으로 놀라운 일이라는 듯 두 손을 들고 있지만 실제 그들의 시선은 예수를 향하고 있지 않다. 몸은 예수 곁에 있지만 저기 세상 속 사람들과 다르지 않다.

「성탄」에서 가장 아름다운 경배를 보여주고 있는 이들은 초라한 옷차림의 양치는 목자들이다. 그들은 아기 예수께 경배하려고 아주 먼 길을 급한 걸음으로 힘차게 달려왔을 것이다.

목동들의 표정은 놀랍고 경외심에 가득 차있으며 자신들에게 다가온 성탄의 첫 소식을 접하는 그 행운에 대해 감격한 표정이다.

휴고 반 데어 구스는 천사나 화려한 옷을 입은 사람들보다 목동 세 사람을 사실적으로 실감나게 그려 이 작품에 놀라운 생기를 불어넣었다. 저들의 시선은 오직 아기 예수께만 집중하고 있다. 거친 손과 주름진 얼굴 초라한 옷차림의 목동들은 우리에게 질문한다.

예수님께 집중하는가? 예수님께만 마음을 두는가? 예수님만 향하고 있는가?

날씨가 추워지면 기억나는 이야기 하나. 시베리아 어디는 얼마나 차가운지 숨을 내쉴 때에 귓전이 얼어붙는다고 한다. 숨에 있는 옅은 습기가 영하 50도의 차가운 공기에 접하게 되는 바로 그 순간, 수증기가 어는데, 그때 '씨욱~' 하는 예리한 소리가 귀에 들리고, 그곳 사람들은 그 '씨욱~' 하는 수증기 어는 소리를 '별의 속삭임'이라고 부른다는….

하늘빛은 신비스럽고 가장 아름다운 별이 뜨는 시간. 12월 – 聖誕時!

한스 홀바인, 「대사들」, 1533

현재_{Present} 와 선물_{Present}

새해다. 한결같은 시간은 변함없이 흘러오고 흘러가지만 그래도 새해 즈음이면 창밖을 내다보며 궁구하게 된다. 답이 없다는 것을 알면서도 서성거리게 된다.

잘 살아가는가? 어떻게 살아야 잘 사는 것일까?

"헛되고 헛되며 헛되고 헛되니 모든 것이 헛되도다."

- 전도서 1장 2절

솔로몬의 절창은 죽음 앞에 삶이 무력하고 허무하다는 뜻이 아니다. 그보다는 헛됨을 기억하며 헛되지 않게 살라는 절절한 권면으로 오히려 '삶을 우리에게 각인시키는 아름다운 詩다.

한스 홀바인의 「대사들」이란 작품도 죽음의 그림자를 감추고 있다. 한스 홀바인은 독일에서 태어났지만 친구인 토마스 모어의 초청을 받아 영국으로 가게 된다. 그곳에서 장 드 댕트빌이라는 프랑스 외교관을 만나게 되고 그의 부탁으로 2미터가 넘는 대작 「대사들」을 그리게 된다.

우아하고 섬세하게 그려진 흰 담비 털의 망토는 젊은 대사를 화려하고 기품 있게 만들어준다. 묵직한 목걸이는 왕실 훈장이다. 권위를 더해주는 칼집에는 대사의 나이 29가 새겨져 있다. 오른쪽 사람은 댕트빌의 친구인 조르주 드 쉘브로 무려 열여덟 살에 주교가 된 종교계의 실력가다.

「대사들」은 마치 우리네 인생처럼 알레고리적인 함의가 풍성한 작품으로 은유와 상징이 내포된 수많은 소품이 그들 사이에 자리하고 있다.

천구의와 원통형 달력이 놓여있고 중간에는 시간과 천문을 측정하는 '투르켓Turquet'과 해시계가 있다. 주교 쪽으로 놓인 책에는 25xxv라는 숫자가 쓰여 있는데 이는 주교의 나이다. 아래 선반에는 지구의가 있고 붉은색 책의 갈피에 십자가가 놓여 있다. 앞쪽에는 찬송가가 펼쳐져 있다. 주교와 댕트빌의 신앙뿐 아니라 작품을 그리는 작가의 신앙까지도 엿보이게 하는 부분이다. 이때 음악은 지성의 또 다른 상징으로 여겨지기도 해선지 류트는 크고 단호한 모습으로 그림 속에 존재한다.

그런데 자세히 보면 류트의 줄이 끊어져 있다. 줄이 끊어진 류트는 전통적으로 죽음의 상징이다. 작품 속의 이 수선스러운 소품들은 댕트빌의 자신에 대한 설명이다. 문법, 수사학, 논리학, 천문, 기하, 대수, 음악에 정통하며 세상의 권력을 지니고 있다는 것을 적나라하게 과시하고 있다. 댕트빌의 이력서라고나 할까?

그러나 화가는 여기에서 자신의 작품을 끝내지 않는다. 웨스터민스터 사원의 모자이크 바닥에 원반 같기도, 오징어 뼈 바케트로 불리기도 한 기이한 물체를 그려낸다. 정면에서는 아무리 봐도 무엇인지 알 수가 없다. 그러다가 몇 걸음 살짝 옮기다가 "그게 뭐지?" 하며 다시 들여다보는 순간, 세상의 영화를 가득 담은 이 작품은 사라지고 해골만 나타난다. 왜상歪像, anamorphosis이다. 두 매질의 굴절률의 차이가 크면 클수록 왜곡 각도가 커지는….

어쩌면 가장 큰 왜곡은 한 사람 속에 자리한 육체와 영혼이 아닐까? 한 사람 속에 거하는 그 둘이 바라보는 세상이 아닐까?

마지막으로 한스 홀바인은 한 번 더 관자를 강타한다. 작품의 좌측 위 녹색의 커튼 뒤에 아주 조그맣게 십자가에 달린 예수상이다.

가슴이 철렁해진다.

역사의 시작에 존재하시던 분, 역사와 역사의 끝을 관장하시는 분, 그러나 세상의 화려함 속에서 언제나 쓸쓸하게 뒷자리를 차지하시는 그분.

어느 철학자는 원근법의 질서를 따르지 않는 왜곡된 형상들이 오히려 진실을 내포할 수도 있다고 했다. 다시 보니 젊음과 권력과 풍요로운 물질과 지성을 지닌 저 젊은 대사들이 허무해 보인다.

해골 앞에서 당당할 자 누구랴? 어제는 히스토리, 내일은 미스터리, 오늘은 선물이라고 한다. 그래선지 현재$_{present}$와 선물$_{present}$은 스펠링이 같다.

믿음의 고백이 가득한 그림을 읽으며 마음이 고요해진다. 한 해의 시작 달이다. 습하고 울한 시간이라도 괜찮다. 희망과 소망에 가득 찬 시간이라면 좋겠다.

그의 그림이 고귀한 이유

어느 시인이 노래했다. 봄이면 분홍이 발광한다고, 발광하는 분홍은 공기가 되려다 못된 색깔의 사생아라고. 사실 은근한 분홍은, 특히 오래된 소나무 아래 피어나거나 이파리 솟구치지 않는 성근 가지 아래 연분홍 진달래는 자신을 벗어나 주위까지 분홍으로 물들여버리는 나대는(?) 색이기도 하다. 진달래가 피어난 숲은 분홍 숲이 된다.

사생아라고 해서 하는 이야기는 아니지만 분홍도 급이 있다. 참꽃 분홍과 개꽃 분홍의 차이는 현격하다. 햇빛 아련할 때 피는 살빛 연한 진달래와 햇살 쨍쨍해도 지지 않겠다는 듯 단단한 품새로 피어나는 철쭉은 분홍보다는 붉음 쪽으로 살짝 기울어있다.

도화桃花 행화杏花도 다르다. 도화가 눈웃음치는 끼 있는 젊은 여인이라면 행화는 늙고 시들은, 그러나 품위 있는 부인이라고나 할까?

이른 봄 진달래가 피어나면 저절로 생각나는 「파리인들의 소설책」

빈센트 반고흐, 「파리인들의 소설책」, 1887~1888

고흐의 그림이다. 오래전 이 작품을 예술의 전당에서 친견했다. 여기저기 덧칠한 듯한 분홍, 분홍의 두꺼운 붓질이 매우 인상적이었다.

혹시 고흐는 분홍을 아주 자유로운 색으로 여겼을까? 자신의 신산한 삶을 저 분홍을 칠할 때 잠시 잊었을까? 테이블에 자유롭게 놓여 있는 책들은 풍성해 보인다. 어수선하게 책이 놓인 내 책상 같기도 하다.

책은 읽는 사람을 보여주기도 한다. 특히 소설의 격은 더욱 다양하다. 영리한 고흐는 책의 제목을 전혀 적지 않았다. 그래선지 관자들은 무명의 책에 자신이 좋아하는 책을 연상해 낼 것이다. 거기 어느 책을 들어 읽어도 실망시키지 않을 것 같은, 제목 없는 책이 오히려 책에 대한 상상력을 증대시키는 것 같기도 하다.

"인류가 축적한 독서의 양은 곧 인류의 지식이다"고 말한 빅토르 위고의 말을 고흐는 격하게 공감했다고 한다. 탐서가이자 애서가인 고흐는 책 읽는 사람을 그리거나 책을 소재로 삼은 그림이 많다. 협죽도가 있는 정물이나 양파가 있는 정물에도 책을 넣어 그리곤 했다. 병 속의 아몬드 나뭇가지란 그림에서도 화사하게 피어나는 아몬드 꽃의 색과 표지가 흡사한 책이 등장한다.

맨 앞에 펼쳐진 책은 관람객이 독자임을 말해준다는 평론가들의 말보다는 저 앞의 책은 아마 저 책들 중에서 고흐가 읽고 있는, 아니면 고흐가 가장 좋아한 책이 아닐까? 색으로 나타내주는 책의 내용, 고흐가 좋아한 글… 더 풍성한 사유를 허락하지 않는가?

자주는 아니지만 어디선가 집으로 돌아올 때 "해가 저물어가네…" 하고 차 안에서 혼잣말을 할 때 어느 순간 가로등에 불이 탁 켜진다. 가스등만큼은 아니더라도 저녁의 으슴푸레함 속에서 켜지는 불빛은 아득한 서정이다.

내 안 저 깊은 곳, 아주 어둡고 작은 방에 켜지는 등. 내 속에 숨겨져 있는, 내 안의 他者가 선명히 발현되는 시간.

책을 사랑했던 고흐, 고흐는 자신에게 다가오는 삶과 독서를 통해서 틀림없이 생의 이면을 들여다보았을 것이다. 삶이 즐거움이나 기쁨보다는 고통스럽고 스산하다는 것을, 밝고 환하기보다는 어둡고 우울하다는 것을, 비록 밝은 낮이 조금 길다 하더라도 결국엔 어둠에 사로잡혀 버린다는 것을.

그래서 그의 그림은 외로운 사람들을 위로할 수 있는 게 아닐까? 그의 그림이 고귀한 이유이기도 하다.

제 자리에 있어야 한다

복제화는 세계 명작 다이제스트와 비슷합니다. 요약은 요약일 뿐 작품은 아니라는 거죠. 초중고교 교실 빈자리마다 붙어있던 밀레의 그림은 오히려 밀레를 이해하는 데 아주 오랜 시간이 걸리게 했습니다. 모든 익숙한 것들에는 매혹이 결여되어 있습니다. 줄거리만 요약된 스토리를 보고 명작을 이해할 수 없듯이 밀레의 그림은 너무 익숙해서 눈에 들어오지 않던 그림이었습니다.

딸아이 결혼식 순서지에 쓸 그림을 찾아보다가 밀레의 「만종」을 보게 되었습니다. 하루해가 뉘엿뉘엿 저물어가고 있습니다. 저물어가는 햇빛이 마치 은총처럼 부드럽고 온화합니다. 먼데 교회에서 종소리가 들려옵니다. 그제야 일을 마친 농부 부부가 고개를 숙여 기도합니다. 아무도 의식하지 않고 그저 기도하는데 어떤 찬양보다 어떤 아름다운 설교보다 마음을 뒤흔듭니다. 밀레의 신앙 고백일까요? 수많은 나날을 힘들고 어려운 일을 끝없이 반복하면서도 희망을 버리지 않는 사

장 프랑수아 밀레, 「씨 뿌리는 사람」, 1850

람을 마치 자연처럼 자연의 풍경 속에 살짝 놓습니다.

「만종」은 밀레가 가장 좋아하는 작품이라고 합니다. 반 고흐가 최초로 모사한 그림도 밀레의 「만종」이었습니다. 고흐는 특히 밀레의 「씨 뿌리는 사람」에 대한 모작을 12편이나 했다고 합니다.

밀레는 생래적으로 아주 우울한 기질의 사람이었다고 해요. 그래서 로맹 롤랑은 밀레에 대해 '만약 슬픔이 없다면 그는 슬픔을 만들어 냈을 사람'이라고도 했었지요. 모든 예술이 밝음이나 환함보다는 어두움 가운데서 생성되는 미묘한 부분이 실재합니다. 밀레는 고통에 대해 예민했고 삶이 버거웠던 자신과 그 시절의 농부들에 대해 생각하지 않을 수 없었겠지요.

1850년경에 그려진 「씨 뿌리는 사람」은 밀레에게 매우 중요한 작품입니다. 그전까지 밀레는 농촌의 풍경을 아주 평화롭게 묘사했는데 이 그림 속의 「씨 뿌리는 사람」은 거칠고 담대합니다. 씨 뿌리는 농부를 신이나 왕, 영웅처럼 거대하게 표현한 것은 밀레가 처음이었고, 그 시절 굉장히 놀라운 사건이었습니다. 사람들은 밀레를 사회주의자나 혁명가로 손가락질하기도 했습니다. 실제 정치에는 매우 무관심했던 밀레는 "설사 나를 사회주의자로 생각하더라도. 미술에 있어 인간에 대한 측면이야말로 나를 가장 자극하는 것이다."라고 말하기도 했습니다.

농부의 신산한 삶을 나타내듯 작품은 어두운 색조입니다. 노동의 즐거움은 그림 위쪽의 소를 몰고 가는 농부에게나 조금 흐를까, 모자를 쓴 농부의 표정은 어둡고, 그가 씨를 뿌린 곳에서는 벌써 까마귀가 앉았다 일어납니다. 녹록지 않은 농사짓기 혹은 인생살이를 나타내줍니다.

역동적인 농부의 모습과 노동의 고단함에서 오는 우울함이 함께 어우러져 오히려 농부는 굳은 의지를 보여주기도 합니다. 내 무엇이든 다 이겨내리….

「씨 뿌리는 사람」의 비유(마가복음 4장 3~14절)를 보면 씨는 하느님의 말씀이고 씨 뿌리는 사람은 하느님이십니다. 성경 속 말씀대로 혹시 밀레는 농부의 가슴속에서 하나님의 모습을 보았던 것일까요? 그래서 전도사가 되고 싶던 고흐는 「씨 뿌리는 사람」이란 작품을 그토록 많이 모사를 했고…. 밀레의 영향력은 지대해서 평생 그를 오마쥬한 고흐 외에도 인상주의 미술을 탄생시키는 결정적인 계기가 되기도 합니다.

장 프랑수아 밀레는 19세기를 대표하는 화가로 농부였던 자신의 경험을 토대로 농촌의 고단하고 열악한 일상의 삶을 그린 19세기 프랑스 바르비종파의 대표적인 작가입니다. 밀레가 속한 바르비종파는 배경에 불과하던 자연 풍광을 '풍경화'라는 독립 장르로 처음 만들기도 했습니다. 또 모네와 반 고흐 같은 인상주의 화가들이 같은 소재를 두고 빛의 효과가 달라지는 시간대별로 여러 점씩 그렸는데 밀레는 그

이전에 벌써 그런 빛의 차이를 느껴 시간대별로 그림을 그리기도 했습니다. 무엇보다 인간을 그림의 주체로 평범한 일상을 주제로 하는 이전에 없던 새로운 지평을 열었습니다. 박수근 화가 역시 밀레의 그림을 보고 화가가 되기로 결심했다는 일화도 있습니다.

그림에 그려진 것이 아름다움을 빚어내지 않습니다. 그것을 그려야 할 욕구 그 자체에서 그것을 빚어낼 힘이 나옵니다. 제때, 제자리에 있는 것은 모두 아름답다 하겠습니다. 그렇지만 그때에 거슬리는 것은 아름답지 않습니다. 아폴론은 아폴론의 시대에, 소크라테스는 소크라테스의 시대에 제 성격을 잃지 않습니다. 서로 혼동하지 않아야 합니다. 그렇게 되면 둘 다 별것 아니게 됩니다. 쭉 뻗은 나무와 뒤틀린 나무 중에 어느 것이 더 아름답겠습니까? 제자리에 있는 것입니다. 그러니 아름다움이란 주변과 어울리는 것이라 하겠습니다.

－알프레드 상시에《자연을 사랑한 화가 밀레》중에서

빈센트 반 고흐, 「도비니의 정원」, 1890

사소한 기쁨들을 간과하지 마라

봄은 어디메쯤 왔을까요? 겨울 정원들은 차갑고 고요하며 멀리 보이는 숲과 산은 적막하기조차 합니다. 깊은 밤 넉넉한 찻잔에 몇 이파리 차를 넣고 물을 붓습니다. 투명하고 말간 색을 마십니다. 찻잔을 감싸 쥐니 손이 서로를 안습니다.

손들은 거의 언제나 무엇인가를 함께 하는데 참 데면데면한 사이기도 합니다. 안고 부비며 서로 힘을 실어주지만 일상의 행위일 뿐입니다.

찻잔을 가운데 두고서야 냉랭하던 두 손이 서로를 의식합니다. '아, 우리… 친한 사인데… 잊고 있었네.' 마음이 부드러워집니다.

《정원 일의 즐거움》이란 책에서 헤르만 헤세는 자연이 주는 기쁨과 깨달음에 대해 썼습니다. 그는 평생 어디서 살든지 정원을 가꾸었는데 -한때는 포도를 가꿔 생활을 이어가기도 했습니다.- 문학사조의 흐름에 흔들리지 않고 자기만의 세계를 지닌 작품을 발표할 수 있었던 것은 정원이 있었기에 가능했다고 했습니다. 영혼의 평화를 지키며 살아갈 수 있었던 것도 정원의 힘이었다고 했습니다. 깊은 밤 그가 정원을 가꾸던 손을 생각해봅니다.

입춘이 지났는데도 여전히 한겨울입니다. 엄격한 스승 같은 유별난 추위가 더욱 봄을 그리워하게 만듭니다. 초록에 대한 갈증도 생겨납니다. 눈길을 걸어 친구와 함께 설중매라도 찾아 떠나고 싶습니다. 그래서 한밤 고흐의 「도비니의 정원」을 바라봅니다.

눈부신 초록 세상입니다. 생명의 기운이 차고 넘치는 그림입니다. 생기 넘치는 환한 그림을 보며 고흐가 죽기 전 테오에게 했던 말이 생각납니다.

"슬픔은 끝이 없는 것"이라는 너무나 아름다운 세상, 너무나 아름다운 세상을 그리는 남자, 그러나 그는 외롭고 아프고 그리하여 삶은 고통스럽기 그지없습니다.

고흐가 존경하며 사랑하던 샤를 프랑수아 도비니라는 화가는 이미 떠나고 없는데 정원은 마치 그가 살아있는 것처럼 여전합니다. 공평한 죽음과 여전히 계속되는 세상의 간극 속에서 힘들고 고통스러운 자신의 삶을 위로받고 싶었던 것일지도 모릅니다.

고흐는 테오에게 「도비니의 정원」이란 그림은 자신의 의도를 철저히 표현한 작품이라고 편지에 썼습니다. 고흐의 의도는 무엇이었을까요?

평생 한곳에 뿌리내리고 살아야 하는 저 정적인 식물들을 움직이는, 용틀임하는, 살아 숨 쉬는, 활활 타오르게 재창조한 그의 의도 말입니다. 도도한 생명의 기운이 바로 고흐가 표현하고픈, 혹은 그리 살고 싶다는 자신의 욕망을 표현해낸 의도가 아니었을까요? 고흐는 그림 속 나무들처럼 싱싱하게 꽃처럼 피어나고 풀처럼 강인하고 싶었을 겁니다.

고흐가 이 그림을 그리던 해는 1890년입니다. 세상을 하직한 날이 그해 7월 29일이니까 이 그림은 그전 어느 날입니다. 연두색이 왕성하지만 초록과 진초록도 강렬합니다. 봄은 이미 지나가고 왕성한 기운의 찔레꽃 머리가 시작했습니다.

그의 나무들은 한곳에 정지되어 있는 식물이 아닙니다. 마치 자신의 모든 존재를 가득 싸안고 어디론가 금방이라도 날아갈 듯한 모습입니다. 끝없이 팽창하는 나무들에 걸맞게 정원의 꽃들은 마치 구름이라도 타듯이 금방 두둥실 떠오를 것 같습니다.

풀을 품고 있는 정원의 땅은 마치 파도라도 되듯 움직이는 듯 보입니다. 정원을 의젓하게 걸어가는 고양이가 오히려 정적으로 보입니다. 건물들은 정원의 생명을 지닌 식물들에 비하면 단출하고 평범합니다. 도비니의 아내가 검은 상복을 입고 정원으로 들어오고 있습니다.

고흐는 「도비니의 정원」을 세 장 그렸는데 두 번째 그림에는 고양이가 없어서 호사가들은 고흐의 죽음을 암시하지 않았을까 설왕설래합니다만 굳이 고흐의 죽음에 대한 예표를 찾는다면 도비니의 아내가 입은 상복에 주목하고 싶습니다. 프랑수아 도비니가 세상을 떠난 해가 1878년인데 무려 12년이나 세월이 흘렀는데 그때까지 그녀는 상복을 입고 있었을까요?

고흐는 산책을 좋아한 사람이었습니다. 그래서 그가 사랑하는 동생 테오에게도 말했습니다. 산책을 자주 하고 자연을 사랑하라고. 그래야 예술을 사랑할 수 있다고.

문득 이 환한 그림을 그리는 고흐의 손을 생각해봅니다. 붓을 든 손, 물감을 짜는 손, 색을 만드는 손, 그리고 나무와 꽃을 만들어가는 손을.

헤세는 사소한 기쁨들을 간과하지 말라고 했습니다.

작은 기쁨을 누리는 능력, 그 능력은 얼마간의 유쾌함, 사랑, 그리고 서정성 같은 것이다. 그것들은 눈에 잘 띄지도 않고 찬사를 받지도 못하며 돈도 들지 않는다.

고흐는 사라졌지만 그의 작품은 남아서 이렇게 깊은 한겨울 오베르의 초록 세상으로 들어가게 합니다.

초록이 없는 황무한, 이제 오래되어서 지루한 겨울을 나는 사소한 방법이기도 합니다.

아름다움을 품은 향기

나무들은 겨울 여행을 하기 위해 경화 과정을 거친답니다. 세포벽의 투과성이 증가해서 물은 흘러나오고 당과 단백질 산은 농축된다고 해요. 농축된 화학 물질은 효과적인 부동액 역할을 하고 세포들 사이의 공간은 순수한 물로 채워지는데 이 물이 너무 순수해서 영하 40도가 되어도 얼지 않는다고 하더군요.

아랫녘에는 벌써 매화가 겨울 여행을 마치고 피어오른 곳도 있던데 梅蘭菊竹 사군자의 첫 자리를 차지하는 매화를 꿈꾸며 경화를 생각하니 더욱 신비롭습니다.

그렇게나 수많은 준비를 해서 겨울을 지내고 우리 앞에 현현하는 아름다운 존재, 매화나무는 꽃의 우두머리를 의미하는 화괴花魁, 추운 날씨에 피어 동매冬梅, 일찍 핀다 하여 조매早梅, 눈 속에 핀다고 설중매雪中梅, 꽃의 색에 따라 백매, 홍매 등 다양한 이름을 가지고 있습니다.

눈 속에 핀 매화를 찾아가듯 매화 그림을 대합니다.

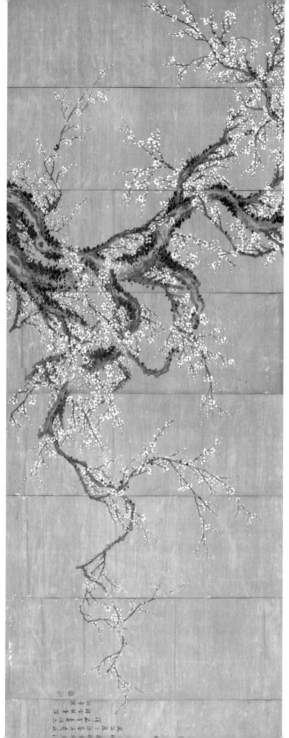

조희룡의 「매화도」입니다. 조희룡은 추사와 같은 시대를 살았지만 추사가 문인화의 정점에서 문자향 서권기를 절대 가치로 삼고 있을 때 수예론을 이야기했어요. 문의 향기와 책의 기운이 있어야만 격을 나타낼 수 있다는 절대 가치 앞에서 그는 당당하게 손의 기량이 있어야 한다는 선언을 한 거지요.

조선 시대 선비들은 처음 그림을 아주 가벼운 여흥으로 삼았습니다. 문인화라는 이름도 실제 화가들의 것과 구분하기 위한 이름이었어요.

조선 전기의 강희안은 수많은 작품을 그렸지만 화가로 이름이 남을까 봐 자신의 그림을 소각하라고 했을 정도였지요. 그럼에도 문인화는 점점 발전되었고 추사에 이르러 그 화풍은 절정에 이릅니다. 추사가 격과 품을 나타내는 그림을 그렸다면 조희룡은 그림은 아름다워야 한다고 생각했어요. 그때까지 문인화 속의 매화는 고목에 꽃 몇 송이 피어난 작품으로 선비의 격과 품을 드러내고 있었는데 조희룡은 수많은 꽃송이가 가득히 피어난 아름다운 매화나무를 그린 거죠.

조희룡은 앞사람들이 그린 기법을 따라 하지 않았어요. 그만의 방법으로 아름다운 매화나무를 새롭게 탄생시켰습니다.

그는 임자도로 귀양을 가게 됩니다. 그곳에서 그는 특별한 경험을 하게 되죠. 화아일체를 느끼기도 하고 아마도 용오름이었을 용의 승천 이야기를 세세하게 들으면서 그의 매화나무는 점점 하늘로 승천하는 용처럼 더욱 환상적으로 피어나게 되었어요.

이 작품에서도 병풍 전면에 줄기는 용이 솟구치듯 구불거리며 올라가고 좌우로 긴 가지를 뻗어내며 흰 꽃과 붉은 꽃이 피어납니다.

재미있는 이야기 하나가 조희룡이 쓴 글에서 나옵니다. 아, 그는 그림뿐 아니라 시문에도 능해 저술된 책도 여러 권입니다.

매화 만 그루를 심었다오. 특별히 석 난간 옆의 세 번째 매화가 가장 기굴해서 사랑하던 차 어느 심히 비바람 부는 밤 사라져 버려 애통했는데 그대의 붓끝에 끌려 왔을 줄 몰랐도다. 이제 이 도사, 저 어여쁜 매화나무 아래 사흘만 자고 갈 터이니⋯.

－조희룡 저 《매화삼매경》에서

자신이 그린 매화나무를 이렇게 서정적으로 자찬자화 할 수 있다니 대단한 사람입니다.

「홍백매도」, 여덟 폭의 병풍, 전통적인 격식에서 벗어나 자유롭고 파격적입니다. 이전에는 없던 다양한 구도와 색감, 대범한 필법, 자유로운 붓놀림, 거리낌 없는 표현력을 보이면서 독자적인 회화 세계를 만들어나갔습니다.

당시 중인 서화가들에게 많은 영향을 주어서, 특히 전기, 김수철, 이한철, 오경석, 유숙 등은 주제뿐 아니라 작품 양식에 있어서도 조희룡과 밀접한 관련을 보인다고 합니다.

매화의 향기를 암향暗香이라고 합니다. 봄비 내리던 어느 날 사람 없는 고궁에 들어섰는데 형언키 어려운 향기가 살짝 다가왔어요. 비를 맞고 서 있는 매화꽃이 풍긴 향기였죠. 아름다움을 품은 향기였어요. 어두울 暗은 매화의 향기가 강하거나 되바라지지 않고 그저 깊고 은 일하기 때문이 아닌가 싶습니다.

PART 2

모든 예술의 귀착점은

죽음에 대한 차분한 응시다.

모리스 드니, 「마르다와 마리아」, 1896

지금은 내가 부분적으로 아나…

　이즈음 봄빛을 바라보노라면 자연의 섭리가 사무치게 다가옵니다. 겨우내 언 채 닫혀 있던 완강한 대문 앞에서 "이리 오너라." 어느 높은 분이 서슬 푸르게 외쳤을까요? 단단하고 거대해서 도무지 열릴 것 같지 않던 커다란 자물쇠가 내려지고 창대한 문이 스르르 열렸습니다.

　진달래는 살짝 솟구치고 개나리는 소리라도 내듯 자지러지고 매화는 우아하게 피어났습니다. 어느 순간 우리 앞에도 봄처럼 죽음의 문이 스르르 열리리. 윤슬이 눈부신 한강을 지나가며 든 생각입니다.

　벌써 수수꽃다리가 피어나 있는 국립 박물관에서는 겨울 궁전에서 온 프랑스 미술 전시회가 열리고 있습니다. 러시아 상트 페테르부르크에 있는 예르미타시 미술관 내의 프랑스 미술들이 우리나라로 나들이를 왔습니다. 제정 러시아 시절 예카테리나 대제 2세는 수많은 작품을 수집했고 귀족들과 학자 기업가들도 유럽의 작품들을 대거 구입해 러시아 공공건물과 상류층 저택을 장식했습니다. 이런 개인 소장품들은

20세기 초에 전부 국유화되었고 이로써 예르미타시 박물관은 그 풍부한 작품들로 인해 세계적인 명성을 갖게 되었습니다.

프랑스 고전주의를 대표하는 니콜라 푸생과 클로드 로랭, 로코코 회화의 거장 프랑수아 부셰를 비롯하여 궁정 화가들의 작품과 19세기 프랑스 현대미술을 대표하는 귀스타브 쿠르베, 폴 세잔의 「마른 강기슭」, 시슬레, 모네의 「건초 더미」를 실제로 바라보는 느낌은 즐거움을 넘어 차오르는 기쁨을 느끼게 하더군요. 그리고 제가 정말 좋아하는 작가 모리스 드니의 「마르다와 마리아」를 대할 때는 정말 팔을 번쩍 올리며 환호작약하고 싶은 심정이었습니다.

주인공 세 사람은 작품의 전면을 조금 벗어나 있습니다. 이른 봄 소나무 아래서 진달래 가만히 피어나듯 그렇게 있습니다. 평온하고 고요한 모습입니다. 서로 시선을 마주치지도 않습니다. 시선의 무위함이 엿보입니다. 오히려 바라보고 있지 않기에 더 깊이 응시하고 있을 것 같기도 합니다.

예수님은 유리잔을 가만히 들여다보고 깊은 생각에 빠진 듯 보입니다. 가볍게 펼쳐진 손은 아무것도 강요하지 않은 채 자신을 내어주는 것처럼 여겨집니다.

마리아는 고개를 숙인 채 예수님의 다음 말씀을 기다리고 있는 것일까요? 그러면서도 교차된 손은 그리스도의 말씀을 듣고 난 뒤의 다짐 같은 것이 읽히기도 합니다.

실제 성서에서는 마음이 분주한 마르다로 표현되어 있지만 그림 속 마르다는 전혀 분주하지 않는, 평온하고 고요한 모습입니다. "마르다야 몇 가지만 하든지 혹은 한 가지만이라도 족하니라"라고 예수님이 말씀하신 뒤였을 것 같기도 합니다. 그녀가 든 접시에는 원죄를 나타내주는 사과와 그리스도의 대속을 나타내주는 포도가 있습니다. 그녀의 검은색 옷은 상복을 의미하며 화가의 아들 장 폴을 애도하는 의미와 부활의 약속을 믿으며 죽음을 겸허히 수용하는 태도가 엿보인다는 미술사학자도 있습니다.

모리스 드니는 예언자들이란 뜻의 나비Nabis파의 일원이었습니다. 그는 어린 시절부터 신앙심이 아주 깊은 사람이라 성서를 잘 알고 있었고 이는 그가 평생 성경을 통한 작업을 할 수 있는 바탕이 되었습니다. 무엇보다 드니의 작품은 부드러운 윤곽의 실루엣과 고요한 리듬이 흐르고 있습니다. 간소화되고 생략된 화면에서는 순수한 신앙의 힘이 흐르는 듯 여겨지기도 합니다.

그가 그린 나무들은 점점 형상을 잃어가며 본질만 남게 되는 몬드리안의 나무를 연상시키기도 합니다.

"회화란 군마나 여인의 누드, 혹은 어떤 일화이기 이전에 본질적으로 특정한 하나의 질서에 걸맞게 배열된 색채들로 뒤덮인 평면이다."라고 그는 적고 있습니다.

소박하면서도 자연스러움이라는 아우라를 거느린 「마르다와 마리아」에서도 모리스 드니의 철학이 엿보입니다. 삶은 태어남으로 시작해서 수많은 것들로 이루어져 가는 것 같지만 결국 죽음 앞에서는 지극히 단순한 형태 아니던가요? 몸서리칠 정도의 놀라운 공평함 말입니다. 그래서 더 깊이 생각하게 만드는 결을 지닌 작품입니다. 이 작품의 또 다른 이름은 「마르다와 마리아의 집에 있는 그리스도」입니다.

작품의 전면 주인공들보다 후면의 배경이 선명합니다. 모리스 드니의 화실이 있던 생제르맹 앙레의 몽루주 별장입니다.

미술사학자들은 작품의 주제가 지닌 신성함을 강조하기 위한 표현이라고 했지만 제겐 멈추라는 속삭임이 들려오는 듯합니다. 그리고 서성이게 합니다.

고린도전서 13장 12절 말씀도 생각났습니다.

"우리가 지금은 거울로 보는 것 같이 희미하나 그때에는 얼굴과 얼굴을 대하여 볼 것이요, 지금은 내가 부분적으로 아나 그때에는 주께서 나를 아신 것 같이 내가 온전히 알리라."

침묵이라는 시

그리스의 시인 시모니데스는 "그림은 침묵하는 시이고 시는 말하는 그림"이라고 했습니다.

독일 시인 막스 피카르트는 《침묵의 세계》라는 그의 저서에서 "형상은 침묵하고, 침묵하면서 무엇인가를 말하고 있다"고 쓰고 있습니다. 그는 형상, 즉 이미지를 말하는 침묵이라고도 표현했어요.

근래 들어 가장 산뜻하면서도 깊게 읽었던 책은 세라 메이틀런드의 《침묵의 책》입니다. 침묵을 향하여 아주 담대히 나아가는 책인데 결국은 인간의 심연에 도달하게 하는 글이었어요. 아름다워서 아껴가며 읽은 글이었어요. 마음은 인간의 심연이고 마음을 들여다보는 일이 침묵이고 침묵은… 존재일 거라는 책을 덮으며 나만의 생각을 살짝 엮어보기도 했습니다.

빌헬름 함메르쇼이는 덴마크 사람으로 제가 참 좋아하는 작가입니다. 그의 모든 작품의 주제는 적어도 제가 보기엔 침묵과 고요입니다.

빌헬름 함메르쇼이, 「창가에서 독서하는 여인」, 1900

제 글방 브런치에 그의 「침실」이란 그림을 걸어놓고 있습니다. 검은 옷을 입은 여인이 창문으로 밖을 내다보는 그림이죠. 간결하고 단아한 차림새에 가구도 지나칠 정도로 단순해서 어쩌면 엄격해 보이기도 합니다만, 아련하고 부드러운 톤이 엄격함을 잠재워 쓸쓸하면서도 온화한 분위기를 풍기고 있어요.

「창가에서 독서하는 여인」, 창으로 새어 들어오는 햇살이 고요합니다. 그의 색조는 거의 회색 톤입니다. 검은색은 짙은 회색처럼 보이고 옅은 검은색은 밝은 회색처럼 보입니다.

함메르쇼이는 제임스 맥닐 휘슬러를 좋아했는데 휘슬러는 회색의 명암과 농담으로만 그림을 그리는 그리자이유grisaille 기법을 좋아했고 함메르쇼이도 그 영향을 받은 거죠. 충만한 고요를 그리는데 완벽한 빛, 침묵을 표현하는데 이보다 더 좋은 색채가 있을까요?

함메르쇼이는 실제로 지극히 내성적이었다고 해요. 만나는 사람도 소수였지만 그들과 대화를 할 때도 시선을 마주치지 못하는 고독하고 우울한 성격을 지니고 있었지요. 사람을 정시하지 못했던 그는 그래서 더 사람에 대해 깊은 생각을 했을 거예요. 어쩌면 사람의 뒷모습에서 더 깊은 내면을 읽었을지도 모릅니다.

그러고 보니 꽤 오래전에 읽은 프랑스 사진작가 에두아르 부바가 찍은 사진에 미셸 투르니에가 글을 쓴 뒷모습이란 책에서 "돌아서서 가는 뒷모습을 보면 내가 알고 있던 그가 아니라는 배신감이 든다."는 글이 생각나기도 합니다.

함메르쇼이는 코펜하겐의 해변에 있는 자신의 집에서 거의 모든 작업을 했습니다. 자신의 아내 이다 일스테드와 어머니, 그리고 동생의 뒷모습을 주로 그렸습니다.

그는 사람의 뒷모습에서 무엇을 찾아냈을까요? 그의 앞에서는 보이지 않던 그들이 지닌 우수와 고독을, 그리고 숨기고 싶었던 감정들을 발견한 것일까요?

그러고 보니 제게도 선명한 그림이 한 장 있어요. 대학 다닐 때 갑자기 아버지가 저의 자취방을 찾아오셨어요. 용돈을 주시고 선걸음에 가신다고 해서 섭섭한 마음으로 배웅을 나갔지요. 기다란 골목길을 걸어가시는 아버지의 뒷모습을 보며 처음으로 '아, 아버지가 늙으셨구나. 아버지가 쓸쓸해 보여.'(지금의 저보다 훨씬 더 젊으셨는데요.) 난데없이 다가오던 선명한 직관 같은 것… 햇살이 눈부신 가을 오후였는데요.

「창가에서 독서하는 여인」은 작가의 어머니입니다. 다른 그림에 비해서 조금 환한 편입니다만 그렇다고 해서 고요와 침묵이 작지는 않아요. 주변 환경은 간결하고 문은 닫혀 있습니다. 살짝 젖혀진 커튼 사이로 오후의 햇살이 길게 스며듭니다. 그녀는 환한 햇살을 찾아서 창문 가까이 의자를 옮겨 앉긴 했습니다만 여전히 그녀는 그늘 속에 있습니다. 검은 옷을 입은 그녀, 이제 초로의 길에 들어선 그녀, 그녀가 읽고 있는 책이 궁금합니다. 시집일까요, 성경일까요, 소설일까요? 어쩌면 작가의 의도대로 그녀는 그저 책을 들고 있을지도 모릅니다.

책을 읽는 대신 하염없는 생각의 강이 흐르고 있을 것 같기도 해요. 자신의 인생에 대해서, 아들이 그리고 있는 자신의 삶에 대하여, 아들의 붓질 소리가 오히려 더 깊은 침묵을 만들어주고 있는 공간에서 말이지요. 그림의 왼쪽 -오른쪽보다 내향성이라고도 하지요- 에 고요하게 자리하고 있는 그녀. 창문과 문은 그림 속에서 닫힌 듯, 그러나 여백을 만들어냅니다.

여기쯤서 유명한 프랑스 영화 감독이 했던 말. "여백은 신의 공간"이란 놀라운 문장도 기억나는군요.

창문 밖 정원에는 분명 나무들이 있을 텐데 작가는 그저 흐릿하게 빛으로만 채워 넣습니다. 모든 소소한 것들을 제하면서 작가는 고요속으로 스며들어 갑니다.

그는 이렇게 침묵이라는 시를 써서 이렇게 우리에게 수많은 말을 건네고야 맙니다. 그는 겨우 49살에 죽는데 덴마크 정부는 우표를 만들어 그를 오마쥬했습니다.

그럼에도 불구하고

예술의 전당 한가람 미술관에서 마르크 샤갈의 전시가 열리고 있다. 장맛비 추적추적 내리는 날은 미술관 나들이하기에 아주 좋은 날이다. 사람이 많지 않아서 공간은 차분해지고 마음은 섬세해지니 작품이 속삭이는 언어가 많아진다. 미술관 안에서 넓은 유리창으로 바라보는 비 내리는 풍경은 덤이다.

유명한 화가의 거대한 작품 전시회라는 광고에 이제는 속지 않는다. 작가의 대표작들은 거의 나들이를 즐겨 하질 않는다는 것을 알고 있기 때문이다. 그러나 대표작만 작품이 아니다. 작가의 순수한 시절이나 무명의 시절 고뇌 어린 작품들이 오히려 작가를 더욱 깊이 알 수 있게 한다.

이즈음 전시회를 가보면 작품들 못지않게 큐레이터의 역량이 점점 강화되어 가는 것 같다. 주제만이 아니라 작품의 모음과 나눔, 장소의 크기와 작품의 배열 등 작품들이 사람과 만나는 순간들은 순전히 큐레이터의 몫이다. 샤갈의 전시회 역시 단순한 작품의 나열에 그치지 않고 샤갈의 인생과 그중에서도 사랑에 초점이 맞추어져 있었다. 그리고 예상대로 화려한 영상물에서는 가득한, 그러나 실제로 샤갈의 놀라운 색채가 엿보이는 작품들은 드물었다.

한가람 미술관을 가득 채운 작품들은 회화보다 판화가 많았다. 그리고 특이하게 성서 삽화가 꽤 많은 비중을 차지하고 있었다. 열두 지파를 스테인드글라스로 표현해놓은 작품도 있었고 상당히 큰 태피스트리 「탈출」도 있었다.

유심히 본 작품은 「다윗과 밧세바」였다. 생경하게도 이번 전시회에 샤갈이 먹을 사용해 그린 작품들이 많았다. 「다윗과 밧세바」에도 먹을 사용했다. 전통적 수작업으로 만든 일본 종이 와시에 수채 물감과 과슈, 그리고 먹을 사용해서 그린 그림.

샤갈의 특징은 역시 공간적 설정이다. 무중력 상태라고나 할까, 부유하는 듯 떠다니는 사람들과 동물들, 그리고 건물들은 거의 공중에 존재하거나 반듯한 모습이 아닌 옆으로나 거꾸로 서 있다.

샤갈에게 있어 장소는 단순한 지구나 땅이 아니라 공간 자체인 것 같기도 하다. 아니면 그에게 모든 존재는 생각이라는 무형의 공간 속에서 더 깊이 존재하기에 거기 어디든 자리할 수 있을 거라 생각할 수도 있겠다.

도록에 실린 「다윗과 밧세바」를 손으로 나누어서 반쪽씩 봤다. 신기하게도 다윗의 눈은 크게 떠 있지만 시각 장애인의 눈처럼도 보였다. 탐욕에 먼 눈은 결국 맹목盲目을 이야기하는 거겠지.

밧세바의 눈은 슬퍼 보였다. 저항하기 힘든 일에 대한 체념을 나타내는 것 같기도 했다.

붉은색 천사는 혹시 샤갈이 장난꾸러기 큐피드를 의도해서 그린 걸까? 다윗의 욕망과 밧세바의 고뇌가 우습다는 듯 입꼬리가 살짝 올라가 있다.

「다윗과 밧세바」는 작가들이 즐겨 그리는 소재이다. 더할 수 없는 사람의 욕망, 그 욕망이 몰고 온 죄를 선명하게 나타내고 있기 때문이다. 다윗은 밧세바를 탐낸 후 나라를 위해 전쟁터에 가있는 남편인 우리야를 계획적으로 죽게 한다.

대개의 작가들이 밧세바의 목욕 장면이나 그를 바라보는 다윗을 그리곤 하는데 샤갈은 매우 특이하게 한 얼굴에 다윗과 밧세바의 두 얼굴을 그려냈다. 단순히 샤갈과 교류하던 피카소의 입체적 화법이라고 여겨버리기에는 뭔가 선명치 않다.

제목은 「다윗과 밧세바」이지만 어쩌면 다윗의 신실함과는 별의 된 그의 욕망을 보여주고 있는지도 모른다. 즉 내 속의 타인을, 혹은 인간이 지닌 이중성과 양면성을 표현하고 싶었는지도 모른다.

샤갈은 러시아의 유대인 정착촌 비텝스크에서 유대인으로 태어났다. 젊은 시절 파리로 가서 파리의 새로운 문물과 다양한 예술 사조를 접하기도 했으나 다시 러시아로 돌아가서 그의 뮤즈인 벨라 로젠펠드와 결혼한다. 전쟁 후 러시아를 떠나 샤갈은 프랑스, 독일, 미국 등지를 유랑하며 디아스포라로 살게 된다. 그래선지 그는 어디에도 속하지 않는 오직 그만의 독자적 화풍으로 자신의 세계를 만들어갔다. 시대를 뛰어넘어 자신이 추구하는 주제를 자신만의 독특한 화법으로 창조해내면서 인간의 본질을 새로운 시선으로 바라보았다.

샤갈의 스승인 레온 박스트는 "색채가 노래를 부른다."라고 표현했고, 1950년대 교분을 나눴던 피카소는 샤갈을 "마티스 이후 색의 본질을 가장 잘 이해한 화가"라고 했다.

말년의 샤갈은 성서를 회화로 옮기는 작업을 했고 1973년 프랑스 니스에 그의 성서 회화만을 모은 '국립 마르크 샤갈 미술관'이 문을 열었다. 앙드레 말로와 함께 개관식에 참석한 샤갈은 "성서는 모든 시대의 시와 예술의 가장 위대한 원천"이라고 말했다.

이 글을 쓰기 위하여 도록의 한 면을 차지하고 있는 「다윗과 밧세바」를 자주 들여다봤다. 기이하게도 볼 때마다 새로운 표정이, 새로운 사람이… 어느 순간은 그 사람이 나를 보는 것처럼 여겨지기도 했다. 그제야 그림 아래 손의 의미가 선연히 다가왔다.

그럼에도 불구하고… 내 너를 안으리, 기다리리, 어서 오렴!

윌리엄 홀먼 헌트, 「세상의 빛」, 1851~1853

빛의 노크

세상이 점점 무서워진다. 더위도 무섭고 그 더위를 잊게 해주는 에어컨디셔너도 무섭다. 조금 시원하기 위하여 실외기를 통하여 밖으로 내보내는 열은 실제 열의 몇 배일 것이다. 내가 조금 시원해지기 위해 더욱 센 더위를 만들어내고 거기에 프레온 가스는 얼마나 사용되는가? 미세먼지 타령을 수도 없이 말하지만 결국 나로 인하여 생겨나는 먼지들이 나에게로 회귀할 것이다. 자연환경도 무섭지만 잔인하고 독한 사람들은 또 얼마나 많은 세상인가? 사람의 정서를 안정시켜주는 예술도 점점 무섭고 과격해진다.

영국의 아티스트 제이크와 디노스 채프먼 형제에게 기자들이 질문했다.

"작품이 공격적이고 부도덕해 보이는데 경건하거나 희망적인 의미는 없는가?"

그들은 이렇게 대답했다.

"작품을 만들고 나서 이건 그냥 쓰레기라고 하면 안 되는 건가? 입체파가 전통적인 원근법을 버리듯 야수파가 대상을 재현하는 색채의 사용을 거부하듯 도덕성 역시 과감히 버릴 수 있다."

원칙이 없는 세상을 만들어가려는 보이지 않는 전쟁은 이미 오래전부터 시작되었을 것이다. 인간 사회를 전복시키려는 사탄의 궤계를 현대 미술에서 느낀다면 지나친 노파심일까?

며칠 동안 윌리엄 홀먼 헌트의 「세상의 빛」을 바라보며 살았다. 그림을 바라볼 때면 무서운 세상도 잊히고 더위 때문에 갈해진 마음도 부드러워지곤 했다.

등롱을 든 예수님을 바라보니 어릴 때 성탄절 생각도 났다. 대문 앞에 걸어두었던 지초롱은 주름 종이로 만들어서 그 안에 촛불을 담아서 불을 밝히곤 했다. 종이는 흰색이었지만 그 안에 촛불을 켜면 연한 담황색 빛으로 은은하게 밝아지며 주변을 밝히곤 했다.

새벽 언제가 될지 모르지만 엄마는 따뜻한 식혜를 준비하거나 떡국을 끓이셨다. 어느 땐가는 새알 팥죽 준비를 하기도 했었다. 설레는 마음으로 찬송 소리를 기다리다가 어린 나는 어느새 잠이 들어버리곤 했다. 꿈인 듯 생시인 듯 아득한 곳에서 찬송이 들려오다 사라져 갔다.

헌트는 1843년 '왕립 미술원'에 들어간 후 존 에버렛 밀레이와 로제

티를 만나 세 사람이 작업을 하며 뜻을 모아 라파엘로 산치오(1483~1520) 시대 이전의 미술을 부활시킴으로써 당시 영국의 미술을 개혁하고자 한 라파엘 전파를 설립한다.

헌트의 작품들은 지나칠 만큼 정교하고 아름다우면서도 섬세하다. 「세상의 빛」에서도 그의 꼼꼼한 손길이 엿보인다. 예수님의 옷이나 먼 뒷배경의 나무들은 우리들이 밤에 만나는 나무의 형상 그대로이다. 예수님의 등롱 역시 겨우 주변이나 살짝 밝혀주는 작은 불빛이다.

「세상의 빛」이란 제목은 결국 예수님을 은유한다. 그리고 등롱은 그분의 온유함과 부드러움을 엿보이게 한다. 아직 아침이 먼 새벽일까? 나무들의 어두움으로 봐서는 깊은 밤 같기도 하다.

헌트는 자신이 생각하는 예수님, 비록 가시관을 쓰셨지만 왕으로 오신 예수님을 온 마음을 다해 그렸다. 예수님 옷이 화려한 이유일 것이다. 그러나 그분이 서 계신 곳은 퇴락한 대문 앞이다. 그분은 대문 안의 기척에 깊은 신경을 쓰며 문을 노크하고 있다. 불행히도 저 문은 밖에서 열고 들어갈 수가 없는 문이다. 안에서 누군가 열어주어야만 열 수 있는 문.

시들은 잡초와 잎, 거의 다 져가는 담쟁이덩굴이 대문을 휘감고 있다. 삿된 시선으로 대문을 바라보면 그 안에 사는 사람을 쉬 상상하게 된다. 가난하거나 게으르거나 어쩌면 마음속 밭이 잡초인 교만한 사람이거나 사람들과 교류가 없는, 사람대접을 받지 못하는 사람이거나…

그런데도 십자가에 못 박힌 자욱이 선명한 손을 들어 노크하는 예수님의 표정은 어떤가? 우수와 고뇌에 가득 찬 시선으로 문 열기를 기다리고 있다. 생각해보니 우리도 교회에서 전도할 때 혹 저런 모습 아니었을까? 그들의 잡초 가득한 마음을 두드리는… 노크하는 예수님을 흉내 내는… 예수님의 사랑을 나누는….

볼지어다 내가 문밖에 서서 두드리노니 누구든지 내 음성을 듣고 문을 열면 내가 그에게로 들어가 그와 더불어 먹고 그는 나와 더불어 먹으리라.

-요한계시록 3장 20절

김홍도의 마지막 그림

일엽지추 一葉知秋와 추일사가지推 一事可知는 전혀 다른 뜻처럼 여겨지나 그 지향점은 비슷하다. 한 일을 보며 열 일을 아는 것이나 나뭇잎 하나 지는 것을 보고 가을이 도래함을 아는 그 속닥함이 이윽하다.

일엽지추의 일엽은 오동나무다. 오동잎은 서늘한 기운에 민감하다고 한다. 오동 가지 하나에 이파리가 열두 개라 일 년을 나타낸다고 생각했다. 세월을 아는 나무라고 여긴 듯도 하다.

중국에서는 오동나무를 봉황이 깃들 만한 나무로 여겨 궁에 심었다. 무성한 오동꽃, 무성한 향기, 무성한 이파리, 생각해보면 봉황새가 들 만한 나무 같기도 하다.

입추 무렵이면 태사관은 오동나무를 예의 주시했다. 오동나무 이파리 하나 너울거리며 떨어지면 "가을이 왔어요." 하고 태사관은 궁궐을 향해 소리쳤다. 한사람이 받아 다시 소리친다.

"가을이 왔어요."

김홍도, 「추성부도」, 1805

사람들이 이어가며 거기 '말의 길'이 생겨난다.

"가을이 왔어요… 가을이 오네. 저기 오네 가을…."

사람들 말길을 즈려 밟고 가을이 온다. 과문해선지는 몰라도 나무 이파리 하나 솟는다 하여 봄이 왔다고 소리치지 않는다. 잎 무성하다 하여 하얀 눈 내린다 하여 여름 왔어요, 겨울 왔어요, 소리로 길을 만들지 않는다. 오직 가을만이다. 가을만이 지닌 아주 특별한 소리의 길!

구양수의 《추성부秋聲賦》는 나만의 가을 상례이다. 예민하고… 아득하고… 조촐하고… 섬세한 글이다. 풍경을 그린 듯하나 소리에 대한 이야기다. 가을 소리를 이야기하다가 생사로 흐른다. 푸나무를 바라보다가 사람의 정수를 헤아리게 되며 결국 삶의 이치까지 나아간다.

김홍도의 「추성부도」는 구양수가 지은 《추성부》를 그림으로 그려낸 시의도詩意圖이다. 가느다란 세필로 추성부 전문이 수록되어 있는데 마치 그림 속 잎 떨어진 나목처럼 글씨 자체가 쓸쓸해 보인다. 달무리 진 가을밤, 보름달 빛은 세상을 환하게 하고 앙상한 나무 사이를 흐르는 계곡의 물은 더욱 눈부시다. 달빛 아래 빈집이 있고… 선비는 고요한 모습으로 글을 읽다 기묘한 소리를 듣는다.

"별과 달이 환히 빛날 뿐 사방에 인적은 없고 소리는 나무 사이에서 납니다."

《추성부》의 백미인 동자의 말을 그려낸 그림이다.

잎 진 나무야 그렇다지만 붉은 감 가득 매단 감나무도 쓸쓸하기 그지없다. 노년에 이르러 인생무상을 느껴서인지 혹은 이미 가까이 다가온 죽음의 그림자 때문일까?

김홍도는 만능 화가였다. 스승인 강세황은 단원이 그리지 못하는 것은 없다고 했다.

《추성부》 전문 뒤에 "단구가 그리다丹邱寫"가 쓰여 있다. 단구丹邱는 만년의 김홍도가 사용한 호號로 신선들이 사는 공간을 의미한다고 했다.

이 작품은 단원의 마지막 그림으로 추정한다. 김홍도, 육십 살. 살아갈 날이 짧아선지 살아온 세월이 더 잘 보이는 나이다. 더군다나 그는 사람들에게 잊힌 채 살아가고 있었다. 그의 집, 혹은 그의 마음은 동자승은커녕 사람 기척 없는 저기 저 산속의 집, 하얗게 비어있는 집이다. 구양수의 《추성부》보다 더 깊은 가을 소리를 그는 실제 자신의 쓸쓸한 집에서 들었을지도 모르겠다. 저기 더 깊은 산속 빈집, 달빛만 들어차 있는 휑뎅그렁한 집이 주는 느낌은 가을의 소리만이 아니라 인생의 가을을 섬세하게 나타내주고 있으니 단원의 「추성부도」는 구양수의 《추성부》와는 또 다른 절창이리.

좀 더 깊게 가만히 응시하다 보면 구양수의 《추성부》에는 등장하지 않는 주인공들이 보인다. 절창을 아우르는 또 다른 결이라고나 할까?

우선 마당가의 학이다. 신선과 선비를 은유하는 두 마리 학은 마치 가을을 어서 오라는 듯, 어쩌면 가을 소리보다 더 큰소리를 내겠다는 듯 작품의 전체적인 느낌과 다르게 생기 차다. 자신이 살아온 시간을 나타내고 싶었던 것일까? 아니면 살아가고 싶은 삶의 태도를 보여주는 것일 수도 있겠다.

앞뒤 마당의 구멍 뚫린 태호석-어려움 속에서도 군자연한-도 크고 당당해서 거침없는 결기를 보여준다. 조락의 시간 속에서도 삶을 향한 그의 소망을 나타내 주는 듯한 종려나무(아마도 단원에게 대나무를 의미했을)는 잎 진 나무들과 다르게 싱싱하다.

그럼에도 불구하고 김홍도의 「추성부도」는 전도자가 쓴 일의 결국(헛됨) 그린 작품 같기도 하다.

일의 결국을 다 들었으니 하나님을 경외하고 그의 명령들을 지킬지어다 이것이 모든 사람의 본분이니라.

−전도서 12:12

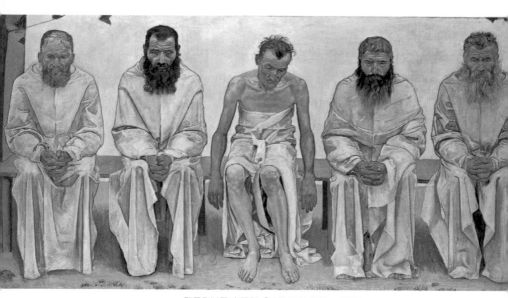

페르디난트 호들러, 「삶에 지친 자들」, 1892

응시

가을은 결국 죽음에 대한 생각을 하게 한다. 가을이 되어 풀이 자라지 않게 될 때 사람들은 풀을 벤다. 베어낸 풀 냄새가 그득한 공원을 거닐 때면 싸아한 풀들의 향기는 비명 소리가 되어 몸으로 스며든다. 잘 가라 풀들이여. 어찌 이별을 고하지 않을 수 있으리.

회화나무는 느리게 움을 틔운다. 그러면서도 아주 이르게 가을 채비를 한다. 초록 옷을 벗고 노란 옷으로 갈아입는 회화나무 아래에서 나뭇잎 몇 이파리 바람결에 휘날릴 때면 삶의 끝을 서늘한 시선으로 응시할 수밖에 없다.

어느 시인이 그랬던가? 슬픔은 모든 것을 제자리로 돌려놓을 거라고. 슬플 때 당신은 당신에게 가장 가깝다고.

사람의 시선은 참으로 오묘하다. 시선은 나 아닌 무엇을, 혹은 타자를 바라보지만 실제 그 시선은 거의 언제나 나를 보여주곤 한다. 말로 하지 못하는, 혹은 할 수 없는 진실한 나를 담고 있는 시선. 어떤 말보다 오히려 더욱 깊게 나를 표현해주는 것이 시선이라는 것을 페르디난트 호들러의 그림은 선명하게 포착해낸다.

어쩌면 그림은 말로 하지 못하는 수많은 언어의 간극을 순간적으로 채취해 펼쳐 보이는지도 모른다.

작품의 제목처럼 「삶에 지친 자들」 다섯 사람이 있다. 오랜 시간을 살아왔고 그들의 얼굴에 새겨진 고통의 흔적은 적나라하다.

작가 스스로 자신의 작품을 명명한 페러렐리즘parallelism은 질서 있고 조화로운 방식으로 반복되는 기법을 말하는데 다섯 명의 남자는 질서와 조화의 지향점이기도 한 공평한 모습으로 같은 공간에 앉아 있다.

그들은 무엇인가를 응시하고 있지만 단순히 눈에 보이는 것을 보고 있는 것은 아니다. 살아왔던, 혹은 살고 있는, 그리고 앞으로 남은 생에 대한 응시라고나 할까? 어쩌면 그들의 시선 속에 응축되어 있는 것은 이 삶의 끝에 무엇이 있으랴는 절박한 질문일 수도 있다.

장식 없는 길쭉한 의자 위에 나란히 앉아있는 수사복 차림의 네 사람은 환자임이 분명한 한 남자 -오랜 시간을 앓아누운 티가 완연한 도드라진 쇠골과 덩어리진 머리카락, 그리고 그의 두 손은 맞잡을 기력도 없는 듯 처져 있다. 그는 마치 가까이 다가온 죽음의 그림자를 바라보고 있는 것처럼 보인다.-환자를 위해 기도하기 위해 모인 사람들일까?

기도하는 듯한 모습으로 손을 맞잡고 있지만 그렇다고 그들의 손잡음이 그다지 간절해 보이지는 않는다. 그보다는 그들의 눈빛, 시선, 그들의 응시는 지나칠 정도로 상이하다.

호들러는 수많은 스토리를 점철해서 만들어 내야 할 캐릭터를 겨우 두 눈의 응시, 시선으로 가름해내고 있다. 어쩌면 작가는 저들 다섯 사람이 동시에 바라보고 삶의 고뇌를, 거친 모습으로 그들 앞에 좌정하고 있는 고통이라는 실재하는 존재를 저들의 시선을 통해 그려내고 있는지도 모른다.

첫 번째 사람의 시선은 구슬프다. 금방이라도 그 눈동자에 눈물이 어릴 것처럼 보인다. 자신의 삶에 덧입혀진 고통을 응시하며 무연히 바라보고 있다. 그와 조응하는 듯 보이는 다섯 번째 사람은 내게 다가온 고통이여, 고난이여, 슬픔이여, 아직도 내게서 더 얻을 것이 있느냐? 눈을 똑바로 뜨고 있다.

두 번째 사람은 슬픔 속에서 헤어나지 못한 채 슬픔에 잠겨있다. 네 번째 사람의 시선은 고통 속에서 고통을 경멸하다가도 어디론가 혹시 도망칠 구석이 없나를 면밀하게 살피는 것 같다.

호들러는 연인이 암에 걸려 죽어가는 모습을 수도 없이 그려냈다. 모네도 죽어가는 카미유의 모습을 화폭에 담았다. '어찌 그리 잔혹할 수가…?'는 천진한 생각이다. 죽어가는 사람 곁에서 화가가 무슨 일을 할 수 있을까? 죽어가는 사람을 그린다는 것은 죽어가는 사람의 생명에 대한 존재 증명이자 화가가 할 수 있는 절대적 사랑 표현이었을 것이다.

호들러의 「나무꾼」이란 작품은 스위스 50프랑에 새겨져 있을 정도로 스위스에서 추앙받는 화가이지만 '시선'만으로 보이지 않는 신산한 시간을 그려낼 정도로 그의 삶도 어려웠다.

철학과 상징이 담긴 그의 그림을 이해하기는 쉽지 않다.

그림의 왼쪽에는 메마른 나무가 한 그루 설핏 보인다. 가느다란 줄기에 몇 이파리 안 남은 걸로 보아서 깊은 가을임이 분명하다.

깊고 고독한 사랑의 심연을

터치하는 작품 「연인들」

　지난달 딸과 함께 대만 여행을 다녀왔다. 패키지여행을 할 때마다 항시 아쉬웠던 것은 미술관이나 박물관을 스쳐 지나가는 것이다. 거대한 루블에서는 긴 시간을 기다려 종종걸음으로 겨우 상견한 「모나리자」. 과장을 해보자면 정말 콩만 한 그림이었다. 좀 자세히 들여다보려고 하니 뒤에 오는 사람들에 의해 저절로 밀려 나가고, 이번 대만 여행에서는 그림을 좋아하는 딸과 의기투합하여 닷새 중 이틀을 온전히 미술관에서 보냈다. 사실 미술관 투어는 미술관 작품뿐 아니라 건축 투어와 주변 경관 투어가 거의 동시에 이루어지는 내실 있는 여행이다.

　우리는 그 유명한 고궁 박물관 문이 열리기도 전에 도착해 기다렸다가 입장하는 기염을 토했다. 그리고 다른 사람들과 반대로 삼 층부터 시작해서 중국에서 가장 유명하다는 모나리자처럼 작은 옥배추와 동파육을 마치 내 것이라도 된 듯 샅샅이 살펴볼 수 있었다.

그리고 다음날은 타이페이 미술관으로 향했다. 세상에! 르네 마그리트 특별 전시회를 하고 있었다. 우리나라 같으면 길게 늘어선 줄과 최소 12,000~15,000원을 받았을 알찬 전시였는데 우리 돈으로 2,000원 정도에 입장. 사람이 거의 없는 그곳에서 나의 짧은 한문과 딸아이 영어를 합해 서로 도슨트가 되어 르네 마그리트를 읽어나가기 시작했다.

그리고 「연인들」을 만났다.

「연인들」은 「모나리자」보다 더 작은 그림이었지만 보는 순간 갑자기 훅을 하나 맞은 것 같았다. '무엇이', '왜'는 정확하게 설명할 수 없지만, 분명 잽이 아닌 훅이었다. 잠시 숨을 훅 참았다가 몰아내 쉬었으니까.

검은 양복을 입고 검은 넥타이를 한 남자와 붉은 옷을 입은 여인, 그들의 키스, 하얀 베일을 뒤집어쓴 연인들의 키스. 연인이 되었음에도 여전히 알 수 없는 나와 타인의 관계를 의미하는 것일까, 겉이나 조건만을 보는 현대인의 단면을 저리 표현해본 것일까? 우리가 보고 있는 모든 타인이 기실은 전혀 알 수 없는 존재라는 것을 보여주는 것인가.

어쩌면 사람과의 관계 속에서 가장 가까운 사이라고 볼 수 있는 연인. 키스라는 사랑의 표현을 하는 순간조차 자신을 내어주지 못한다는 외로움의 절규인가. 저들은 정말 사랑했을까? 무엇보다 저 연인들은 사랑이 무엇인가를 묻고 있는 게 아닌가? 혹시 나 역시 저런 그림 속 관계로 살아가는 게 아닌가?

　르네 마그리트의 어머니는 깊은 우울증으로 인해 마그리트가 14살 때 강에 투신자살을 했는데 그때 옷을 뒤집어쓴 어머니의 시신을 보았다고 한다. 하얀 베일은 마그리트에게 사랑하는 사람과의 관계 속에서 단절과 이별을 상징하는 은유일 수도 있다. 아무리 사랑한다 한들 결국은 이별에 다다를 수밖에 없다는 삶의 한 지향점을 의미했을 수도 있을 것이다. 데리다도 말하지 않았던가? 모든 우정 속에는 애도(죽음에 의한)가 우선한다는 것을.

　마그리트는 "나는 나 이전에 그 어느 누구도 생각하지 않았던 방식으로 생각한다."고 말했다.

　실제 전시에서 그의 삶을 기록한 사진들은 그의 독특한 사유 방식과 현실을 초월한 다양한 실험을 보여주고 있었다. 초현실주의자들이 무의식에 천착했다면 그는 명징한 의식으로 초현실주의의 데페이즈망_{dépaysemen}(추방하는 것이란 뜻으로 일상적인 관계에서 사물을 추방하거나 존재하지 않을 곳에 존재하는 것을 의미), 을 실현했다.

　공중에 떠 있는 「피레네의 성」이나 중절모를 쓰고 외투를 입은 중년 남자들이 비가 되어 내리는 「골콩드」-어찌 보면 공간에 결박되어 있는 것처럼도 보이는-미셀 푸코의 화두가 되기도 한 이것은 파이프가 아니라는 여전히 많은 사람의 철학어로 회자된다.

　"당신의 그림을 충분히 이해할 수 있어요."

말하는 사람에게 "당신은 저보다 더 운이 좋은 사람이군요."라고 르네 마그리트는 대답했다.

그의 작품은 사실적인 기법에 충실하다 거기에 풍성한 상상력과 이질적인 존재를 더해 낯선 화법으로 다가와 삶의 비의에 대해 묻는다.

어떻게 그릴 것인가 보다는 무엇을 그릴 것인가 고민했던 작가, 보이는 것이 다가 아니라는 명제를 마음에 품고 산 사람. "나는 나의 작품을 단순히 보는 것이 아니라 생각하게 하고 싶다."고 한 르네 마그리트는 화가이지만 철학자다.

깊고 고독한 사랑의 심연을 터치하는 작품, 「연인들The Lovers」.

기다림의 세월

세월이 지닌 미덕 중의 하나는 아름다움에 대한 다양한 인식과 깊은 성찰이 아닐까?

깊어가는 가을, 변해가는 이파리에 대한 찬하가 사라지기도 전 어느 하룻밤 새 나뭇잎들은 흠씬 져 내렸다. 그제야 나타나는 가느다란 나뭇가지들. 꽃이나 이파리가 지닌 아름다움은 사람을 그저 혹하게 해서 헤매게 한다. 그러나 저 벗은 가지는 아름다움에 대한 배반 속에서 오히려 진정한 아름다움이 무엇인가 생각하게 한다. 존재 속에 내재된 아름다움에 대한 운율을 듣게 한다. 나무의 아름다움을 가장 깊게 보여주고 있는 시간 같기도 하다.

사람도 그럴 수 있지 않을까? 쏜살처럼 꽃 같은 젊음이 지나가 버리고 무성한 나뭇잎처럼 흔들리던 중년도 어느 순간 사라졌다. 그리고 겨울나무 가지 같은 노년 속에 들어섰을 때… 저 겨울나무 가지처럼 보이는 것은 흐릿하나 참으로 아름다울 수 있다는 것을 렘브란트는

렘브란트 판 레인, 「시므온의 노래」, 1669

이 작품으로 우리에게 속삭여준다.

렘브란트의 청년 시절은 부유했지만 노년에 이르렀을 때는 경제적으로는 파산 상태였다. 첫 아내는 일찍 사별했고 두 번째 아내 역시 먼저 세상을 떠났다. 무엇보다 여섯 명의 자녀 중 다섯 명을 잃는 참척을 겪은 슬픔 많은 사람이었다. 그는 결국 암스테르담의 한 빈민가에서 「시므온의 노래」를 그리다가 홀로 세상을 하직했다.

어쩌면 그의 마지막 작품인 「시므온의 노래」는 램브란트의 마지막 신앙 고백이었을 것이다. 지나온 삶의 궤적을 뒤돌아보며 "내 삶은 시므온처럼 기다림의 세월이었습니다. 이제 시므온처럼 나도 주의 구원을 눈으로 보기를 원합니다."라는 죽음 앞에 서서 하는 고백.

시므온은 백발이 성성한 노인이다. 얼핏 거의 감겨진 듯한 모습은 눈이 먼 사람 같기도 하다. 세상의 것들이 보이지 않을수록 주의 구원을 볼 수 있을 거라는 속 깊은 은유 같기도 하다. 성령과 함께 한 시므온은 아이를 보자마자 내 눈이 주의 구원을 보았사오니… 고백한다. 평생을 기다려온 일이 이루어지려는 그 찰나! 인생의 사명이 이루어지는 순간, 일생 바라왔던 꿈이 이루어지는 순간, 표현하기 어려운 황홀하고 기쁜 감격이 차오르는 순간을 렘브란트는 절묘하게 표현해냈다.

렘브란트는 이 그림을 그리며 시므온에 자신을 투사했을 것이다. 성전에서 평생을 기다렸던 시므온의 그리움과 기다림을 렘브란트는 자신의 삶에서 겪어야 했던 고통 가운데서 더 깊게 이해하지 않았겠는가?

시므온은 아기 예수를 안았다기보다는 기도하는 그의 두 팔 위에 아기 예수가 강림하신 것처럼 보인다. 마치 시므온의 늙은 팔이 마구간의 어느 한 자리처럼 보인다.

시므온의 두 손은 참 형언키 어려운 이 은혜를, 이 은총을 어찌하나… 세상의 겸손을 가득 품은 손이다. 아기 예수의 어머니인 한 여인, 그녀는 어둠 속에 잠겨 있는데 시므온의 놀람과 경이에 가득 찬 표정과는 다르게 고요하면서도 오히려 걱정에 가득 차있는 것처럼 보인다.

"칼이 네 마음을 찌르리니…."

시므온의 예언 때문이었을까? 렘브란트는 시므온의 기쁨과 환희를 주제로 삼았으면서도 여전히 그 눈부신 통찰력으로 삶 속의 비의를 잊지 않았던 것이다.

시므온과 아기 예수의 만남은 극적이면서도 매우 시적이다. 단순히 그의 작품 경향을 표현하는 명암 대비가 아닌 빛과 어둠만으로 기록된 새로운 세계이다. 자세히 바라보면 형체도 거의 없다. 형체 간의 차이도 별로 없는 오직 어둠과 밝음, 그 사이의 결들뿐이다.

아기 예수는 환한 빛으로 그분의 정체성을 드러낸다. 깊은 주름이 새겨있는 시므온의 이마 위로도 눈부신 빛이 비치며 그의 우수와 고뇌를 한껏 고양시킨다.

선명하게 이야기하지 않으므로 오히려 선명한 스토리를 보여주는,

설명하지 않으면서 오히려 더 깊게 설명해주는, 아주 오래전 추상이라는 단어조차 그림 속에 생성되지 않던 시절의 작품 속에서 추상을 엿보게 된다.

  미완성 유작이라고 하지만 어떤 완성된 작품보다 더 큰 아름다움으로 우리에게 위로를 주는 작품.

당신이 작품을 완성하세요

현대 미술은 모든 예술이 그러하듯이 신앙과 적대적 위치에 있다고 해도 그리 틀린 말은 아닙니다. 인간의 문화, 특히 예술의 지향점 속에 하나님의 선악과는 존재하지 않습니다. 그들에게 바벨탑은 오히려 근사해 보일 뿐입니다. 현대 미술은 美와 術을 떠난 지는 오래고 醜를 직시하며 혐오나 구토에도 다다르게 합니다. 새로운 것이면 무조건 창의성이란 왕관을 씌어줍니다. 가끔 책을 읽다가도 덮을 때가 있습니다. 지성으로 포장하고 논리라는 무기를 장착한 그리스도를 향한 저격수들의 무자비한 난사 때문입니다. 수많은 책이 있는데 굳이 이런 책을 읽어야 하나 생각하다가도 지피지기를 생각하며 다시 펼치기도 합니다.

선악의 구분은 다양한 철학 사조에서 이원론으로 폄훼되어 사라져 가고 순전한 믿음은 구시대의 유물이 되어 갑니다. 문화를 벗어날 수 없는 우리 앞에 문화는 마치 롯이 바라본 요르단 분지 같기도 합니다. 그래서 더욱 이 글을 쓰기로 마음먹습니다.

현대 미술관에서 마르셀 뒤샹전이 열리고 있습니다. 어느 평론가는 "그분이 오셨다."라고 표현하더군요. 혹자는 그를 '현대 미술의 아버지'라고 부르기도 하지요. 미술을 전혀 다른 지평으로 옮겨가게 한 생각 많은 사람입니다.

그의 놀라운 아이디어는 혹시 자신의 빈약한 術을 벗어나기 위한 방편이었을까 하는 필자의 단순한 생각은 그의 첫 번 섹션에서 박살 납니다. 특히 그가 움직임이라는 동적 상황을 정적 캔버스에 그려낸 「계단을 내려오는 나부」나 「신부」 같은 큐비즘 입체파적인 작품들은 특별한 사조의 특별한 표현법을 떠나서 그 자체로 빛을 발하고 있더 군요. 인간의 육체를 기계적 장치로 상상했음에도 불구하고 말이지요. 아름답고 섬세했습니다.

그는 이십 대를 보내면서 작가가 손수 만들어야 작품이 된다는 예술이라는 기존의 관념에 회의하기 시작합니다.

"마르셀, 더는 그림은 아니야. 일자리를 찾자."

그는 화가라는 직업을 포기하고 자유로운 예술가가 되기 위하여 사서라는 직업을 일부러 택하기도 합니다.

'예술적이지 않은 작품을 만들 수 있을까?'

예술가로서 그가 스스로에게 던졌던 질문은 경이롭기까지 합니다.

1917년 그의 작품 「샘」-만들어진 소변기에 사인이 들어간- 을 출품하게 됩니다. 처음 전시회에서 이 작품은 전시되지 못합니다만 결국 작품에 대한 수많은 의견이 새로운 레디메이드 시대를 예고했고 현대 미술은 이를 수용했습니다.

"그가 그것을 선택해서 새로운 제목과 관점으로 그 쓰임새가 사라지도록 배치했다. 그 결과 오브제에 대한 새로운 생각이 창조됐다."

뒤샹은 아이디어 자체를 전면에 내세우고 자신의 개인적 취향이나 손재주를 작품에서 배제했습니다. 이제까지 존재하지 않던 새로운 미술의 개념, 즉 개념 미술이 뒤샹의 「샘」으로 인해 문이 열리게 된 것이지요. 그는 반미학과 반예술의 기치를 들었는데 기이하게도 그의 레디메이드 시리즈는 새로운 예술 개념을 도출해 냈고, 새로운 미학과 새로운 사조를 이끌어내 지금까지도 현대 미술은 그의 선 위에 놓여있습니다. 학계에서는 그를 '모순과 혼돈으로 가득한 현대 미술을 이해하기 위한 좁은 통로'라 말하기도 한다는군요.

뒤샹의 변기는 미술의 개념을 완전 해체시켰습니다. 수많은 담론이 난무했지만 어떤 결론도 도출해 낼 수 없는, 예술의 선이 무너진, 혼돈의 시대가 도래했습니다. 그 도도한 흐름은 철학뿐 아니라 모든 사회 전반에 영향을 미치게 되었습니다.

가장 긍정적인 부분이면서도 현대 미술의 중요한 한 가지 갈래를 필자가 추론해본다면 작품이 작가에 의해 결정되는 것이 아니라 작품을 바라보는 견자에게로 그 입지가 넓어진 것입니다. 작가가 창조한 작품이 작품 속에만 머무는 것이 아니라 견자의 사유까지 더불어 확장, 존

재하게 된다는 것이죠. 작품에 머물지 않고 서로의 관계 속에서 무한
대로 펼쳐지는 존재의 확장이라고나 할까요. "당신이 작품을 완성하
세요!"입니다. 그래서 요제프 보이스는 모든 사람이 예술가라고 했을
까요? 넓어진 예술의 문 앞에서 좁은 문으로 들어가라는 말씀을 기억
하게 됩니다.

뒤샹의 도록에는 작품 해설뿐 아니라 그에 대한 수많은 에세이가 실
려 있습니다. 도록에서 발견(?)한 마르셀 뒤샹의 문장.

"오직 예술에서만 인간은 동물적 상태를 벗어날 수 있습니다. 예술
은 시공간의 지배를 받지 않는 영역들로 들어갈 수 있는 입구이기 때
문입니다. 산다는 것은 믿는 것입니다. 어쨌든 나는 그렇게 믿습니다."

그에게 예술은 당연히 신앙이었습니다. 그러니 예술을 신앙으로 환
치시켜 읽어보니 딱 맞습니다.

니콜라 푸생, 「아르카디아의 목동들」, 1638~1640

살짝 죽음을 생각해도

좋은 시절

유토피아는 토머스 모어가 만든 조어로 이상향을 의미합니다만 '장소'와 '없는'을 결합한, 실제로 존재하지 않는 곳을 뜻합니다.

길 잃은 사람이 복숭아나무 꽃 핀 길을 따라가다가 아름다운 동네를 만나게 되는, 세상과 격리된 사람들이 평화롭게 살고 있는, 도연명의 도화원기 역시 다시는 찾을 수 없는 곳으로 동양의 유토피아라고할 수 있습니다.

소설 속 지명인 아름다운 설산 속의 샹그릴라도 있습니다. 천천히노화하며 일반적인 수명을 넘어 거의 불멸不滅의 삶을 살아가는 사람들, 외부와는 완전히 단절되어 있으며, 모든 근심과 고통에서 해방되어 평화로운 생활이 가능한 천국으로 기록됩니다.

안평 대군은 동생인 수양 대군에 의해 죽임을 당한 비극적인 인물로 예술에 대한 소양이 깊었습니다. 특히 글씨가 빼어나 조선의 사대

명필이었죠. 어느 날 밤 기이한 꿈을 꾼 후 그 꿈 이야기를 안견에게 했고 안견은 사흘 만에 비단 채색화로 「몽유도원도」(이 아름다운 그림은 지금 일본에 있습니다.)를 그려냅니다. 기암절벽을 병풍으로 옴팍한 자리에 복숭아꽃이 가득 피어나 있습니다. 안견의 「몽유도원도」는 한국판 유토피아일 수도 있죠.

무릉도원 역시 복숭아꽃이 만발하고 온갖 산새들이 우짖는 곳입니다. 어느 가난한 선비가 그곳 초당에서 배고픔과 시름을 잊은 채 행복에 젖어 있다가 깨어보니 꿈이었어요. 지금도 중국 남방 쪽에서는 아름다운 절경에 '세외도원'이라는 이름을 붙인다고 합니다.

복숭아꽃이 자주 등장하는 이유가 뭘까 나름 생각해보니 우아한 흰빛의 매화가 격을 따지고 있다면 복숭아꽃의 아련한 분홍빛은 자연스럽습니다. 소박하고 은근해서 누구든 선뜻 무장해제 시키고 맙니다. 쓸쓸한 마음을 지닌 사람이라 할지라도 화사하게 핀 도화 아래 서 있다면 복숭아꽃이 저절로 그 무상함을 상쇄해 줄 것입니다.

니콜라 푸생이 그린 「아르카디아의 목동들」입니다. 아르카디아는 그리스 사람들이 생각하는 유토피아로 베르길리우스의 '전원시'에서 유래되었지만 그리스의 실제 지명이기도 합니다. 목동들이 사는 곳으로 목가적인 평화가 흐르는 행복한 땅이죠. 아르카디아에 사는 세 목동과 여신(?)이 무덤 앞에 서 있습니다. 나이가 지긋한 푸른색 옷을 입은 목동 - 아르카디아에서도 나이를 먹는다. - 이 무덤 앞에 새겨진 글을 손가락으로 짚어가며 읽고 있어요. 약간 입을 벌린 채 인정하기 싫다는 듯 뚫어져라 글씨를 바라보고 있지만 무덤에 비친 그의 그림자는 죽음을 나타내고 있습니다. '아르카디아에도 나는 있다.Et in Arcadia ego.' 무덤 안 사람은 아르카디아에서 살았던 사람이겠죠. 그러니 유토피아에도 죽음이 있다는 것을, 죽음은 어디나 존재한다는 것을, 그래서 죽음을 기억해야 한다는 것을.

메멘토 모리!

푸생은 아름다운 그림으로 속삭이고 있습니다.

무덤에 기대서 눈을 아래로 하고 있는 목동은 깊은 생각에 잠겨있어요. 죽음을 생각해보지 않았는데 죽음이 다가온다니… 나는 어찌 살아야 하는가?

죽음은 인간에게 가장 혼란스러운 대상이지요. 아무도 경험해보지 못한, 경험한 자를 만나지도 못한, 알 수 없는 세상이 바로 죽음이니까요. 꿈꾸는 이상향은 당연 죽음이 없는 곳일 텐데 아르카디아조차 죽음이 먼저 자리하고 있다는 거죠.

오른쪽에 선 목동은 무덤의 글귀를 가리키며 여신에게 묻고 있어요.

"진실입니까? 그렇다면 나도 죽는 거예요?"

여인은 목동의 등에 손을 얹고 있습니다. 위로해 주듯이 목동의 등을 몇 번 쓰다듬었을 것 같아요. 다정하고 우아해 보이지만 한편으로 그녀의 표정은 견고해 보입니다. 목동의 어깨에 손을 얹은 여인을 '역사'의 알레고리로 해석한 사람도 있지만 혹시 푸생은 죽음의 모습으로 이 여인을 작품 속에 등장시키지 않았을까요? 내 등에 손을 얹고 말하는 친구처럼, 한 걸음이면 만날 수 있는 이웃처럼, 우리 곁에 존재하는 것이 죽음이라는 것을요.

작품의 배경은 평화로운 이상향을 나타내주듯 푸르른 잎사귀를 매단 나무와 절경을 암시해주는 먼데 산들이 어우러져 있습니다. 무덤 앞 네 사람의 주인공들 역시 안정적인 구도를 이루며 푸생의 미학을 구현해내고 있습니다. 네 사람의 시선은 각기 다른 곳을 향해 있습니다. 그래서일까요? 그림에서 흐르는 정적이면서 고독한 느낌은 작품에 또 다른 지적 신선함을 주고 있습니다. 무엇 하나 더하거나 뺄 것 없이 조화로운 구성에 색은 현묘해서 볼수록 아름다운 그림입니다.

17세기 유럽은 30년 전쟁과 함께 전염병으로 인해 혼돈의 도가니였습니다. 작가들은 무질서 속에서 바니타스를 외치며 해골과 촛불, 멈춘 시계와 쓰러진 술잔 등을 작품에 등장시켰죠. 흔들림 없는 조화와 균형을 지향하던 푸생은 고급스러운 은유로 「아카디아의 목동들」을 그렸고, 바니타스는 작품 속으로 향기를 간직한 채 스며들었습니다. 푸생은 '프랑스 회화의 아버지'로 추앙받을 뿐 아니라 유럽 미술의 아카데믹 교본이 된 작가입니다.

그는 죽음을 평온하고 고요한 존재, 누구나 가야만 하는 공평한 섭리로 인식한 듯합니다. 그러니 소란스럽지 말라는 권면을 하는 것 같기도 해요. 지금 우리들이 조금씩 생각하는 웰다잉에 대한 개념 정리를 그는 벌써 끝냈는지도 모르겠습니다. 죽음에 대한 푸생의 고귀한 예술 언어가 들리는 작품입니다.

몽테스키외는 그에게 아무런 관심이 없는 낯선 사람들 사이에서 죽음의 통로를 살짝 빠져나가고 싶다고 했습니다. 누군가가 자신을 사랑해서 울면 가슴 아픈 일이고 가짜로 울면 울화가 치미는 일이라서, 고요하고 외로운 자신에게 알맞은 죽음의 길을 가고 싶다고 수상록 마지막 챕터에 있는 죽음론에서요.

푸르른 오월이니까, 아름다운 오월이니까, 살짝 죽음을 생각해도 좋은 시절입니다.

피터 브뤼겔, 「이카루스의 추락이 있는 풍경」, 1560

서늘한 생각

　그림은 풍경처럼 서서히 다가오기도 하지만 책처럼 갑자기, 사람처럼 느닷없이 곁에 와 설 때도 있다. 짐 자무시의 〈패터슨〉이란 영화는 패터슨이란 소도시에 사는 평범한 버스 기사 패터슨의 일주일을 들여다본 영화다. 자극도 없고 특별한 스토리도 없지만 시를 찾는 패터슨의 시선에 의해 관중도 함께 시를 찾게 되는 시적인 영화. 영화의 잔향이 강해서 실제로 패터슨에 살았다는 윌리엄 카를로스 윌리엄스라는 시인의 시를 찾아보다가 《이카루스의 추락이 있는 풍경》이란 시를 읽게 되었다.

　브뤼겔 그림에서/이카루스 떨어진 건 /바로 봄
　밭에서 /농부 쟁기질/ 아롱다롱
　한해 볼거리 /온통 깨어 /들썩들썩
　바다 언저리 /자기 일에 /골똘하여

날개 밀랍/ 녹인 볕에 /땀 흘리는데
별일 아닌 듯 /앞바다에서 /일어난 일
아무도 몰라준 /풍덩소리 /이카루스 익사였네

전체적으로 동시처럼 맑고 싱그러운 것은 브뤼겔의 작품이 주는 느낌과 흡사하고 또 그 시를 들여다보면 함의하고 있는 뜻들이 많아서 다시 또 브뤼겔의 그림과 흡사하다.

바로 봄! 붓보다 사색의 힘으로 그림을 그린다는 브뤼겔의 그림을 어렵다고 이야기한 사람도 있지만 많은 스토리가 내재되어 있어 욕심을 부리지 않는다면 즐거운 이야기를 가늠해 볼 수 있는 풍성한 작품이다.

피터 브뤼겔은 농민들의 평범한 삶을 유머와 함께 사랑스럽게 표현해서 '농민의 브뤼겔'이라고 불린다. 「이카루스의 추락이 있는 풍경」역시 가장 중요한 지점에 컬러풀한 옷을 입은 농부가 밭을 갈고 있다. 바로 곁에서 싱그럽게 자라나는 나무와 무한대로 펼쳐져 있는 바다, 그 바다 위의 범선, 그리고 먼 곳의 도시 풍경일지 아름다운 산 같은 것에는 전혀 관심이 없다. 농부는 그저 고개를 숙이고 밭을 가는데 최선을 다하고 있다. 농부의 밭 아래쪽에는 양치는 목동이 있다. 양들은 한가로이 풀을 뜯고 목동은 지팡이에 살짝 몸을 기댄 채 먼 하늘을 바라보고 있다.

자, 그런데 아무리 그림 속을 들여다 봐도 이카루스-제목대로라면 주인공일-가 보이지 않는다. 추락이라는 단어에 기대어 유심히 살펴다 보면 그제야 바다로 떨어지는 사람의 다리가 보인다. 추락하는 이카루스의 마지막 모습이기도 한 다리… 바로 그 앞에서는 낚시꾼이 낚시를 하기 위하여 찌를 던지고 있다.

이카루스의 오만한 태도 때문에 빚어진 상황, 즉 아버지 다이달로스의 지혜로운 말을 무시하고 자기 멋대로 행한 교만 때문에 생긴 당연한 결론으로 저 무심함을 이해할 수도 있을 것이다. 혹시 타인의 고통에는 전혀 관심이 없는 이기적인 인간상을 그린 것일 수도 있겠다.

네덜란드에는 "사람이 죽었다고 쟁기질을 멈추지 않는다."는 속담이 있다고 한다. 정말 중요한 일은 네 앞에 펼쳐진 현실이라는 것을 강조한 말이다. 세상에 무슨 일이 일어나도 삶은 계속된다는 사실을 브뤼겔은 주목한 것일까, 어쩌면 죽음의 허약함을 저 빛나는 햇살에 실어 보낸 것일까, 홀로 왔다 홀로 가는 고독한 삶의 여정을 저 눈부신 봄날과 사람들의 무심함에 빗대어 표현한 것일까?

"그러니까 너의 고통이나 좌절, 고독을 이겨내고 다시 살아. 저 아름답고 변함없는 세상 속에서 더욱 열심히 살아야지!" 외치는 것 같기도 하다. 그래도 윌리엄스의 시 한 구절이 마음에 오래 남는다. 아무도 몰라준 풍덩 소리! 그러고 보니 윌리엄스의 시는 브뤼겔의 그림에 매우 충실한 시다.

브뤼겔은 우리가 익히 알고 있는 이카루스의 이야기를 통해 오히려 이카루스의 추락이 현재 진행형이라는 것을, 이카루스 자신조차도 추락하면서야 추락을 인식하는 그런 '현재'를 그렸을 수도 있다.

  사월이다. 봄이 오는 것을 보리라. 꽃이 피는 것을 보리라. 눈을 부릅뜨고 지켜보아도 어느새 그들은 우리에게 다가서 있다. 그리고 어느 순간 다시 사라져 갈 것이다.
  이카루스의 추락이 있는 풍경을 보면서 든 서늘한 생각!

어리석은 부자

성경에 어리석은 부자에 대한 이야기가 나온다.

또 내가 내 영혼에게 이르되 영혼아 여러 해 쓸 물건을 많이 쌓아 두
었으니 평안히 쉬고 먹고 마시고 즐거워하리라 하되 하나님은 이르
시되 어리석은 자여 오늘 밤에 네 영혼을 도로 찾으리니 그러면 네
예비한 것이 뉘 것이 되겠느냐 하셨으니

– 누가복음 12장 19~20절

렘브란트의 「어리석은 부자」이다.

책상 위에는 저울이 있고 금화도 있으며 보석 혹은 금화가 담겨있을
제법 도톰한 주머니도 있다. 돈을 주고받은 상황을 기록했을 종이들이
가득하다. 얼마나 만지고 또 만졌는지 닳고 닳았다. 아마도 아래쪽 두
툼한 책들은 재산 장부일 것이다.

렘브란트 판 레인, 「어리석은 부자」, 1627

입은 옷은 화려한데⋯ 이마 위의 주름이나 입 주위가 움푹한 것을 보니 상당히 늙었다는 것을 짐작케 한다.

촛불⋯. 많이 타선지 조금 남아 있다. 혹시 그 부자의 남은 생명만큼일까? 저 촛불이 조금 높은 등롱 위에라도 자리하고 있다면 세상은 조금 더 밝을 텐데⋯. 그는 촛불을 책상 위에 그것도 부족해 눈앞으로 가져와 자신이 보고 싶은 것만 비치게 한다. 더군다나 손으로 촛불을 가리고 있다. 더 밝고 환하게 자신이 보고 싶은 것만을 선명하게 보기 위해서이다. 상대적으로 주위의 어둠은 짙어져서 부자의 눈앞만 빼면 주변은 사뭇 어둡다.

그 어둠 속에 벽장문이 보인다. 아마도 저 책상 위에 꺼내어진 수많은 서류철과 돈, 은금 보화들을 보관하는 곳이겠지.

그런데 가만, 조금 더 찬찬히 살펴보면 왠지⋯. 어둠 속 벽장 열려있는 그 문, 어둡고 음험한 동굴처럼 보인다. 무엇이든 들어오기만 하면 순식간에 낚아챌 듯한 무서운 괴물이 금방이라도 나설 것 같다. 그 동굴은 부자의 머리를 정통으로 노리고 있는 듯 보인다. 이 부자가 어리석은 것은 부자라서가 아니다. 자신의 미래는 조금도 모르면서 마치 지금 앞에 벌어지고 있는 일이 계속될 거라는 어리석은 믿음에 가득 차 있기 때문이다. 종말이 다가오는데 종말을 성찰할 수 없기 때문이다.

삶의 끝에 대한 일말의 사유도 없이 오직 현재만을 바라보는 그 시선 때문에 그는 어리석은 것이다.

어둠 속에 존재한다 하여, 지금 보이지 않는다 하여 죽음은 존재하지 않을까? 우리가 죽음을 의식하지 않고 날마다 즐겁고 환하게 살아간다 하여 죽음이 다가오지 않을까?

언젠가 교회 학교 아이들에게 하나님을 만나면 무엇이 제일 궁금한가 질문을 던졌더니 상당히 많은 수의 아이가 자신은 언제 죽을 것인가를 묻고 싶다고 했다. "그것 알아서 뭐할 건데?"라는 질문에는 대답하지 못하면서 하여간 궁금하다고 했다. 여러 가지 해석을 해볼 수 있었지만 의외로 어린아이들이 어른보다 죽음에 대한 인식을 더 투명하게 하고 있는 것 아닌가?

지혜가 보이지 않는 것, 들리지 않는 것들에 대한 센서라면 아이들은 그 맑고 투명한 영혼으로 오히려 어른들보다 선명한 촉을 지니고 있는 게 아닐까?

숲은 영적인 장소

숲에 들어서면 온몸으로 호흡을 하게 된다. 아주 길게 내쉬고 저 안 깊숙이 들이쉬고….

아, 숨을 쉬는구나! 숨을 인식하게 된다는 뜻이다. 끊임없는 호흡이 생명의 유지를 위하여 기계적으로 쉬는 숨이라면 숲속에서의 호흡은 존재를 향하는 숨이라고 해도 될 것이다.

모리스 드니의 「숲속의 예배 행렬」이다.

아름다운 그림이다. 아름다움에 그치지 않고 신령하면서도 마음에 평화를 주는, 무엇보다 깊이 생각하게 하는 그림이다.

숲은 가장 좋은 예배 처소가 아닐까? 사람의 손이 닿지 않아도 저 혼자 자라나는 푸나무들. 계절에 따라 자연스레 순환 변화되는 고요 한 숲, 그래서 창조주의 손길을 가장 예민하게 보여 주는 곳. 나무처 럼 아름다운 시가 어디 있으랴? 신 아니면 나무는 만들지 못한다는 조이스 킬머의 시가 저절로 떠오르는 그림이다.

모리스 드니, 「숲 속의 예배 행렬(일명 초록색 나무들)」, 1893

모리스 드니가 자주 가곤 했다는 브르타뉴의 너도밤나무 숲을 그린 그림. 나무들은 쭉쭉 뻗어 하늘까지 닿아있다. 그러나 조금 유심히 보면 나무의 색채가 우리가 익히 알던 색이 아니다. 선명하고 신비로운 초록색 둥치. 실제로 관찰되는 색채가 아닌 색이다.

장소를 구획해 내는 수직의 선들과 강렬한 색채가 미묘한 리듬감을 주고 있다. 아웃라인 처리로 일러스트 느낌이 약간 나는, 그래서 더욱 몽환적인 느낌도 준다.

제목에 걸맞게 흰옷을 입은 소녀들과 나무들. 나무 사이로 비치는 흰 구름. 이 숲보다 더 먼 숲…. 모두 다 창조주이신 그분을 찬양하는 듯, 혹은 그분을 향해 나아가는 모습 같기도 하다.

실제로 모리스 드니는 숲에서 신령한 기운을 느꼈고 숲을 영적인 장소로 여겼다고 한다. 브르타뉴 숲만 그런 게 아니다. 북한산을 홀로 자주 걷는데 숲의 고요함과 적막함, 나뭇잎들이 바람과 함께 지어내는 태고의 유구한 숨결 소리는 묵상하기엔 더없이 좋은 최적의 장소이기도 하다.

그중의 한 소녀는 다른 사람들보다 조금 더 멀리 앞장서 가다가 천사에게로 향하려는 듯 나지막한 푸른색 담을 넘으려 한다. 특별한 소명을 받았든지 아니면 아주 특별한 은총의 시간이렷다. 혹은 무리와 있을 때보다 홀로일 때 더 그분과 가까워질 수 있다는 것을 의미하는지도….

나무둥치는 크고 의연한데 나뭇가지들은 거의 없다. 잡다한 사념들을 제할 때서야 그분의 뜻을 온전히 헤아릴 수 있다는 삶의 굵은 갈래를 보여주는 것 아닌가?

모리스 드니는 1880년 나비파를 결성한 멤버이다. 나비는 히브리어로 선지자를 뜻한다. 독특한 개성을 가진 화가들의 모임으로 이전까지 주류였던 자연주의의 사실적이고 묘사적인 화풍을 배척했다. 특히 작가 자신이 영혼의 형상들을 묘사했다고 말한 「숲속의 예배 행렬」은 그 시대에 있어서 아주 새로운 화풍의 영성 풍부한 그림이다.

만추다. 일상에만 안주하지 말고 일상 너머의 삶도 묵상하라는 자연이 주는 메시지 가득한 시간.

많기도 하다 그림 속 이야기

얼마 전 포천 평강 식물원을 갔다. 서리 가득 내린 아침이었다. 숲에서는 사라져 가는 가을 향이 뭉클거리며 다가왔다. 막연한 듯 소진한 듯 哀를 품은 향기였다. 찬 서리 지나 투명하게 언 서리들이 숲에 가득했다. 땅에는 하얗게 곧추선 서릿발들이 흙을 열고 세상 밖으로 나왔다. 온도 차로 내려온 물방울도 있겠지만 땅속의 습기가 저리 변하기도 했을 터. 추위로 인해 보이지 않던 것들이 보이니 죽음 뒤 달라지는 우리의 모습도 그럴 게 아닌가?

알브레히트 뒤러의 「네 명의 사도들」이다.

흰옷을 입은 바울, 주황색 옷을 입은 요한, 그리고 바울 뒤의 마가, 요한 뒤의 베드로다.

마가는 엄밀하게 이야기하면 사도가 아닌데 알브레히트 뒤러는 「네 명의 사도들」이란 제목을 붙였다. 강렬한 추론일지 몰라도 '사도면 어떻고 아니면 어떤가, 그 중심이 중요하지.'라는 작가의 의도된 제목이

알브레히트 뒤러, 「네명의 사도」, 1526

아닐까?

뒤러는 말씀을 생명의 곳간으로 여겼던 사람이다. 뒤러는 루터를 흠모하는 루터주의자였는데 루터가 흠모한 복음주의 사도가 요한이었다. 이 그림을 그리던 시절의 뒤러는 가톨릭 추기경이나 상류층 지도자들과의 교류가 많았지만 자신의 믿음과는 다른 도상의 사람들에게 그는 도움을 받지 않았다. 그래서 그의 말년은 어려웠고 많은 그림을 그리지 못했다.

「네 명의 사도」는 독일을 대표하는 그림이자 종교 개혁의 정신을 담은 위대한 그림이다. 그전까지 모든 성화가 베드로와 바울을 주축으로 그렸다면 뒤러는 요한과 바울을 앞으로 내세웠다.

실제 천국 열쇠를 지니고 있는 베드로는 늙고 어둡고 음울해 보인다. 무엇보다 그는 아래 땅을 바라보고 있다. 그림이 그려지는 시점을 생각해보면 베드로의 시선은 더욱 의미심장해진다. 초록색 옷에 주황색 옷을 입은 요한은 젊고 싱싱하다. 그는 세상 어떤 것에도 관심이 없이 오직 말씀에만 집중해 있다. 종교 개혁의 요소가 베드로와 요한의 대비 속에서 아주 선명하게 나타난다. 참고로 요한이 들고 있는 성경은 루터가 번역한 독일어판 성경이다.

마가는 어둠 속에 몸을 숨기고 있지만 아주 강렬한 눈빛으로 바울을 바라보고 있다. 그의 손에는 두루마리 성경이 있다. 바울과 바나바 사이에서 다툼의 원인을 제공했지만 결국 더 큰 전도의 문을 열게 했고 바울에게 도움이 되는 사람이라는 칭호를 받게 된 마가의 눈빛이 많은 생각을 하게 한다.

속죄와 참회를 나타내는 흰옷을 입은 바울의 눈빛은 바로 나를 바라보고 있다. 강렬하다. 통렬하다. 너는 지금 과연 말씀대로 살고 있는 거냐? 칼을 잡은 손엔 힘이 들어가 있다. 긴장해야 한다. 언제 마귀가 너를 침해할지 몰라. 위험에 처하지 않게 깨어 있어야 해. 바울은 눈빛으로 외치고 있다.

실물보다 더 큰 그림 속의 사도들은 바라보는 곳이 제각각이며 하고 있는 일도 다르고 옷도 다르다. 오직 하나 그들이 처한 공간만이 그들의 동질성을 나타내준다.

교회라는 공동체 속에서의 다름과 개성을 사려 깊게 인지해야 한다. 교회 안에서 특별한 은사를 받거나 은혜를 입은 사람들 때문에 오히려 교회가 시끄러워지는 경우가 가끔 있다. 뒤러는 네 명의 사도가 열심히 한 분 예수님을 따르지만 그들 역시 각자 다른 개성과 삶의 방법, 다른 성향을 지니고 있다는 것을 선연히 나타내준다. 그림 속의 스토리, 많기도 하다.

하나님께 드리는 편지

편지, 참 좋은 글 태입니다. 단순히 좋다기보다는 사랑스러운 장르이기도 하지요. 길지도 않고 그렇다고 짧지도 않은, 그런가 하면 길어도 되고 짧아도 되는 품새 넉넉하여 자유롭기 이를 데 없어요. 시처럼 깊은 사고를 담거나 낭랑하지 않아도 되고 산문처럼 지성을 담거나 고급이지 않아도 됩니다. 물론 소설처럼 삶의 행간이 녹아있지 않아도 됩니다. 철학적일 필요는 더더욱 없구요. 그러나 원한다면 어떤 철학서보다 더 심오할 수도 있습니다만, 편지는 그저 아주 가볍고 고요한 장르이지요. 타인을 아주 깊게 생각할 수 있는 시간에만 쓸 수 있는 글이구요, 가장 깊은 무게를 지닌 글이 편지가 아닐까? 무시무시할 정도로 자신을 드리는 고백록이기도 하니까요. 더불어 다정하기 이를 데 없어 이화에 월백하고 은한이 삼경일 제 병처럼 앓게 되는 글이기도 합니다.

누구의 고백일까요? 저 여인 아마도 사랑에 빠져있는 듯 보입니다

요하네스 베르메르, 「창가에서 편지를 읽는 여인」, 1657~1659

만 또 모르지요. 멀리 떠나있는 부모 형제들에 관한 소식일지두요. 어쨌든 오매불망 그리워하는 그리움 가득한 편지일 겁니다. 아마 날마다 우체부를 기다렸을 것 같아요. 그러다가 편지를 건네어 받고 정신없이 혼자만의 공간으로 들어왔을 거예요. 사람들 있는 곳에서는 읽기 싫은 내밀한 편지니까요.

침대와 의자, 간결해 보이는 방의 구조이긴 합니다만 창문이 있어 방은 환합니다. 햇살 탓인지 붉은색의 커튼보다 녹색의 커튼이 우아해 보입니다. 아, 커튼을 매달고 있는 봉도 커튼과 같은 톤이군요.

빛의 화가라는 별호에 맞게 벽의 색이 지닌 농담은 참 섬세하고 대단해 보입니다. 얼마나 정성을 들여야 저렇게 자연스러운 빛의 결을 그릴 수 있을까요.

아침부터 날씨가 좋았는지 붉은 커튼을 창문에 걸쳐 걷어놓은 채 환기를 하고 있던 방인 것 같아요. 여인의 성품이 보이기도 하죠. 정갈하고 밝고 순후할 것 같은…. 창문 뒤의 커튼과 그녀의 실루엣이 창문에 비치네요.

자세히 보니 편지를 읽고 있는 그녀의 표정이 조금 어둡지 않은가 싶기도 하군요. 정말 기다리고 기다리던 편지였던가 봐요. 침대 위 과일 접시 좀 봐요. 편지를 보고 싶은 마음이 얼마나 급했던지 아무 데나 놓아서 과일은 접시 위에서 굴러떨어지고….

보세요. 아주 편지에 몰입되어 있습니다. 눈은 숫제 편지 속으로 편지의 글자들을 눈에, 아니 마음에 새기듯 합니다. 얼마나 종이를 반듯하게 펴고 보는지 손에는 힘이 가득 들어가 있구요. 세상에 힘줄조차 보이잖아요. 아, 이게 무슨 말이지… 또 읽고 또 읽는 중인지도 모르겠어요.

편지를 쓴 지도 받아본 지도 아득합니다. 문득 참 건조한 세상을 살아가는구나 싶어 서늘해지는군요. 손가락 터치 한 번으로 지구의 반대쪽에도 보낼 수 있는 마음. 펜을 들고 또박또박 써내려가는 마음… 근수가 같을까요?

편지 속 그녀처럼 우울한 시선으로 마음을 들여다보니 영특한 생각도 떠오르던걸요.

너의 기도는 하나님께 드리는 편지이고 네가 읽는 성경은 그분께서 너에게 보내시는 편지 아니니.

베르메르의 「창가에서 편지를 읽는 여인」이란 그림을 보며 생각이 많습니다.

거리를 두고 보면

북한산을 다녀올 때 서쪽을 향해오니까 가끔 차 안에서 일몰을 맞을 때가 있습니다. 신기하게도 태양이 저물어갈수록 점점 커지는 거예요. 다시 나타날 땐 조금 전보다 더 커져 있고요.

언젠가 일출을 보기 위해 무박 이일 여행을 정남진 장흥으로 간 적이 있습니다. 태양이 수평선에서 솟아나는데 제가 본 가장 큰 태양이었어요. 태양만 그런 게 아니라 달도 그렇죠. 어느 순간 빌딩 사이로 밝고 환한 달이 두둥실 떠올라 있을 때 아니 달이 왜 저리 큰가, 오늘 달은 어제 달이 아닌가, 난데없는 생각을 저만 한 게 아닐 거예요. 조금 지나 중천에 떠 있으면 달은 다시 작아져 있습니다. 왜 똑같은 달과 태양이 어느 순간 더 커 보이는 걸까요? 과학자들도 정확한 답은 모른 채 배경과 방향에 따른 일종의 착시 현상이라고 추론하더군요. 문일루젼, 즉 시각이 주가 아니라 뇌가 하는 인식의 과정이 중요하게 작용하는 경우라고 합니다.

클로드 모네, 「인상 - 해돋이」, 1872

묵은해가 과거라는 시간 속으로 성큼 사라지고 새해가 밝았습니다. 변함없는 태양이 떠오르지만 마음 다짐을 새롭게 하기에는 아주 좋은 시간입니다.

클로드 모네의 「인상 – 해돋이」입니다. 지금에야 유명하기도 하고 그래서 일견 평범해 보이는 그림이지만 그림의 내면으로 들어가 보면 전혀 그렇지 않습니다. 검은색을 사용하지 않고도 어둠을 표현할 수 있다는, 휘도의 차이로 어둠을 그려낸, 이제까지 없던 아주 새로운 시작이 자리하고 있죠. 그때까지 밤은 그저 검은색이었는데 모네는 밤에 대한 새로운 해석, 검은색이 아니라 빛의 문제라는 것을 선언한 거예요. 사물의 형상을 선명하게 그리지 않은 채 빛과 그림자의 효과를 통해 인상을 표현한 그림. 바다와 하늘을 구분하는 것도 색채죠.

당시에는 모든 사물을 있는 그대로 재현하는 아주 섬세한 붓질이 유행하던 시기였는데 이런 거친 붓놀림의 그림은 심사위원들에게 성의 없는 그림으로 비친 거죠. 당연히 전시회에서 낙방하고 뜻을 같이하는 작가들과 〈낙선작가전〉을 개최하는데 관객들에게도 여전히 비호감으로 비칩니다.

일간지 르 피가로의 한 기자는 이 작품을 비롯한 전시회 출품작과 작가들을 비난하는 투로 모네의 작품 제목을 빗대어 인상파_{Impressionism}라고 비꼬았는데, 모네는 이 이름을 자신들의 정식 명칭으로 사용하죠. 그 유명한 인상파라는 이름이 시작된 지점.

매우 개인적인 느낌이지만 전 인상파 화가들의 그림, 그 성기고 거친 붓질에서 하나님의 뜻을 읽어내곤 합니다.

모네의 해돋이도 가까이서 들여다보면 굵은 붓질이죠. 무엇을 나타내는지 잘 알 수 없어요. 그러나 조금 거리를 두고 보면 거기 섬세한 그림으로서는 다 담을 수 없는 아주 멋진 바닷가 풍경이 자리하고 있습니다. 거리는 시간과 미래를 담고 있기도 합니다. 눈앞만 바라본다면 문 일루전에 빠지는 거죠. 그 속의 시간이 매혹적이기는 하나 그곳에만 머무르기에는 우리에게 주어진 시간이 너무 바특합니다.

가끔은 내 삶을 인상파 화가들의 그림처럼 거리를 두고 바라보는 성찰의 시간을 지닐 수 있기를….

착시와 함께 존재하는 눈眼보다는 약속을 믿는 소망의 눈이 커지는 새해가 되길 간절히 기원합니다.

상복 –

순교의 꽃이 피어나는 겨울눈

이월은 겨울의 품에 안겨 봄을 건너다보는 시절이다. 입춘이 지나면 가끔 차가운 비가 내리곤 하는데 이때 말갛게 씻긴 나무에서 겨울에는 보이지 않던 동아가 눈에 띈다. 겨울눈은 식물이 가장 건강하고 왕성한 시기인 여름부터 가을 사이에 배태되어 추운 겨울을 나게 된다. 이른 봄의 새순과 꽃이 그토록 경이로운 것은 겨울이라는 혹독한 시간을 지나서일 것이다.

1800년대 우리나라에 온 선교사들은 조선에 도착하자마자 옷을 갈아입었다고 한다. 모자를 쓰고 삼베로 얼굴을 가리면 얼굴을 감출 수 있었고 누가 말을 붙여도 상중이라 대답을 하지 않아도 되었기 때문이다. 복음을 전하러 온 사람들이 우리 땅에 오자마자 상복으로 갈아입은 사실은 그들의 사역을 예표해주는 일처럼 내겐 여겨진다. 혹시 상복은 선교사들에게 겨울눈이었을까? 아름다운 순교의 꽃이 피어나는….

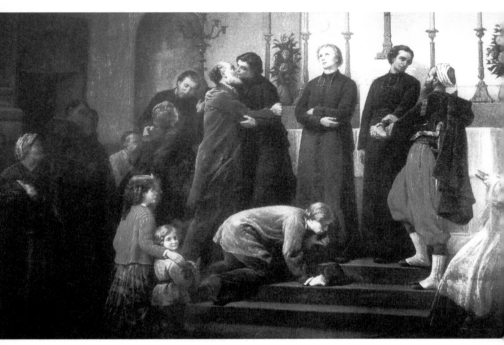

샤를 루이 드 프레디 쿠베르탱, 「출발」, 1868

샤를 루이 드 프레디 쿠베르탱 「출발」이란 그림이다. 《한국학 그림과 만나다》라는 책에서 이 그림을 처음 접했다. 아버지들의 오래된 편지, 다산의 어록, 연암의 글을 해석해 놓은 다양한 감각을 일깨우는 서정적인 책이었다. 읽는 동안 내내 즐거웠는데 그 방점은 바로 이 「출발」이란 그림이었다.

이 그림은 프랑스 아주 작은 교회인 파리 외방전교회의 본원에 있는 그림이다. 파리의 유명한 귀족 화가인 쿠베르탱이 아득한 동방의 작은 나라 조선으로 복음을 들고 떠나는 선교사들을 위한 송별 예배의 정경을 그린 그림. 선교사들은 25세, 26세, 27세, 29세였다. (오! 세상에 이 빛나는 나이라니) 야소교를 사학이라 부르는 신자들을 극형에 처하는 조선을 향해 떠나기 직전의 모습이다. 그때 선교사들에게 순교는 어느 정도 각오된 것이지만 그중에서도 조선은 가장 가혹한 고통과 죽음의 길이었다고 한다.

볼리외 선교사는 떠나기 전 조선에 대해 이렇게 썼다.

"800만 명이 진리를 찾아 움직이고 1만 8,000명의 교인이 60년째 박해와 싸우고 있는 반도. 선교사 8명이 그들의 머리에 현상금이 걸려 있음에도 불구하고 1년에 어른 900명에게 세례를 주는 곳. 결코 돌아올 수 없고 1년에 한 번 어둠을 틈타서야 겨우 들어갈 수 있는 유배지"

이 부분을 책을 보면서 베꼈는데 가슴이 아프고 뜨거워지며 정말 눈물이 맺혔다. 지금 이렇게 자유롭고 편안하게 예수를 믿고 있는 그 이면에 이런 순교가 있었다는 것을 우리는 너무 잊고 사는 게 아닌가.

회중들은 찬송가가 울려 퍼지는 중에 앞으로 나와 선교사들의 볼과 발에 입을 맞추고 있다. 그림 중앙에 있는 남자아이는 화가의 아들로 올림픽을 창시한 피에르 드 쿠베르탱 남작의 어릴 때 모습이다. 두 번째 선교사의 볼에 입을 맞추고 있는 흰 수염의 사람은 아베마리아를 작곡한 샤를르 구노, 구노도 그때 우리나라 선교사로 오고 싶어 했다고 한다. 오른쪽 터번을 쓴 사람과 손을 맞잡은 선교사가 브르트니에르 선교사다. 브르트니에르의 고향에서 온 한 친지는 그때 예배 모습을 이렇게 적었다고 한다.

"선교사들은 정말 아름다웠다. 모든 것을 버리고 영혼의 정복을 위해 떠나는 젊은이들이다. 브르트니에르는 세상 그 무엇보다 아름다웠다. 그는 이 세상이 아니라 하늘나라에 속한 사람인 듯했다."

뚜렷한 윤곽, 부드러운 곱슬머리, 훤칠한 키와 몸피, 정말 아름답고 싱그러운 젊은이다.

브르트니에르 선교사는 석 달 반에 이르는 여정 후 1864년 만주에 도착, 이듬해 5월 만주를 출발해 그달 27일 충청도 당진의 내포에 상륙했다. 그리고 1866년 2월 무렵 예배와 예식 주도, 그달 26일 체포,

서울로 압송. 3월 30일 충청도 보령 갈매못에서 다블뤼 선교사와 함께 순교했다. 그들은 채 한 달도 못 되는 사역을 하기 위해 아니 순교하기 위해 그 먼 길을 떠나왔던 것이다. 그들은 선교 출발을 하면서 다음과 같은 노래를 불렀다.

"오, 조선이여! 오, 나의 기쁨이여! 오, 나의 새로운 조국이여! 나는 너를 보고야 말며 너를 위하여 내 삶을 바치리라. 배가 흔들거리며 항구에서 나를 기다리도다. 안녕, 프랑스여! 나는 너를 떠나노니, 순풍이여 네 나래를 펴라. 나는 거기에서 더욱 아름다운 해변을 찾게 되리니. 그렇다! 나는 죽어도 살아도 조선인이다."

이런 사랑, 오직 복음만이 지닐 수 있는 사랑… 그런 사랑의 조그마한 흔적이라도 예수 믿는 내게 있는지 통렬하게 묻는 쿠베르탱의 그림 「출발」은 침묵하게 하는 그림이다.

PART 3

진정한 화가는

양심의 길 위에 있다.

- 빈센트 반 고흐

조반니 벨리니, 「그리스도의 부활」, 1475~1476

아름다운 축복의 시간

혹시 나무는 복음의 전도사일까요? 부활에 대한 설교를 몸으로 체화해서 우리에게 선포하고 인식시키는 설교자. 오래된 나무둥치는 시멘트보다 단단하다고 하는데 여린 꽃잎과 새순들은 어떻게 저 강한 몸을 뚫고 나오는 것일까요? 꽃은 죽은 것처럼 보이는 나무 어디에 숨어 있다가 저렇게 순식간에 나타나는 것일까요? 참으로 경이롭기 그지없는 봄입니다. 부활을 축하하듯 세상은 꽃과 신록으로 가득 차있네요.

봄은 부활의 시간입니다.

조반니 벨리니가 1479년경에 그린 「그리스도의 부활」입니다.

어둠이 사라지는 미명의 때와 죽음을 이긴 부활의 시간은 아주 자연스럽게 연결됩니다. 예수님은 구름 위에 서 계시고 동은 금방 터 오를 것 같습니다. 신비롭게 보이는 푸르른 여명의 빛은 예수님 부활을 시각적으로 보여주고 있습니다.

왼손에는 승리의 깃발을 드셨고. 그리스도의 영광과 삼위일체 하나님의 사랑을 표상하는 오른손. 어찌 되었든 나는 너희들을 사랑할 수밖에 없구나. 하늘을 바라보시는 예수님 눈빛이 제겐 그렇게 읽히는군요.

저 멀리 도시가 보이고 깨어서 양을 치는 목자들도 있습니다. 그리고 여인 셋이 예수님의 묘로 다가오고 있네요. 예수님을 사랑하고 따르던 여인들인데도 아직 예수님의 부활을 모르고 있습니다. 그러나 이내 부활의 목격자가 되겠지요.

무덤을 막았던 돌문이 앞쪽에 뒹굴고 있고 무덤은 비어 있습니다. 이런 놀라운 일이 벌어지는 동안에도 두 사람은 여전히 깊은 잠에 빠져 있고 칼과 창을 든 두 병사만 부활하신 예수님을 바라보고 있습니다. 같은 자리에서 같은 곳을 향해 같은 목적으로 살고 있어도 전혀 다른 길을 가는 수많은 사람에 대한 은유처럼 보이는군요. 무덤 위 토끼는 거침없이 뛰어가는 성품 탓일까요. 도상학적으로 구원을 향한 열망을 상징합니다.

나무 위에 앉아있는 새는 펠리컨, 성경 속의 사다새입니다. 사다새는 13세기경부터 교회 안에서 희생 제물이 되신 예수님으로 상징화되었어요. 실제 펠리컨은 음식물을 자신의 입속에서 절반쯤 소화를 시켜서 새끼들에게 먹인다고 합니다. 주둥이에 달린 먹이 주머니에 음식물을 담아오는데 먹을 것이 없으면 새끼들이 어미의 목을 쪼기도 한다는군요. 펠리컨이 자신의 몸을 사용해 새끼들을 양육하는 모습이 자신을 들여 우리를 구원해내신 예수님의 모습과 비슷합니다.

왼쪽의 나무는 예수님을 향하고 있는 것처럼 보이는군요. 자세히 보면 돌을 뚫고 가운데에 솟아나 있습니다. 나무라고 그저 즐겁고 편안한 생명이겠습니까? 사람 못지않은 인내와 어려운 성상들을 지켜내야만 성장할 수 있겠지요. 우리가 구원을 향해 가는 길처럼 말입니다.

나무에 새순이 정성스레 그려져 있네요. 어쩌면 조반니 벨리니도 경이롭기 그지없는 봄을 맞이할 때마다 부활을… 죽어있던 나무들에게서 솟아나는 꽃과 새순을 보며 이 작은 식물도… 하며 소스라치게 예수님의 부활을 체득했을지도 모르겠습니다.

아름다운 축복의 시간입니다.

렘브란트 판 레인, 「엠마오의 그리스도」, 1629

가슴 찢어지는

이야기를 들어주시고

어떻게 이런 참담한 일이 대명천지에 일어날 수 있을까요? 세월호 사건은 쓰나미보다 더 황폐하고, 전쟁이나 테러보다 더 참혹합니다. 시간이 흐르면 사건에 대한 충격이 둔화되는 게 인지상정인데 분노는 더욱 차오르고 슬픔은 더 깊이 짓누릅니다. 도대체 어떻게 이렇게도 수많은 옳지 못한 일들이 함께 버무려져 이런 대형 참사를 일으킬 수 있는 걸까요?

눈을 감으면 자신에게 닥쳐오는 고통과 조롱, 배신 속에서 그런 자들을 위하여 십자가를 지셨던 예수님이 저절로 떠오릅니다. 도시로 나왔던 제자 두 명이 슬픈 눈빛을 지닌 채 엠마오로 귀향합니다. 그들을 위로하듯 예수님이 그들 곁에 나타나십니다. 그리고 그들의 이야기를 가만히 들어주시지요. 그런데도 자괴감에 젖은 그들은 도무지 예수님을 알아보질 못합니다. 상처가 깊으면 그럴 수도 있겠구나, 그래서 예수님은 간절하게 붙잡은 그들을 뿌리치지 않고 함께 저녁 식사를 하셨을 거예요. 상한 심령의 갈대를 꺾지 않으시는 그분께서는 지금도 상처 입은 자들 곁에서 그들의 이야기를 들어주시겠지요.

엠마오에서의 저녁 식사 장면을 많은 화가들이 그렸습니다. 그중에서도 저는 렘브란트(1606~1669)의 이 그림이 가장 마음에 와 닿습니다.

그림의 구도는 지극히 단순합니다. 요란하게 채색되지도 복잡한 데생도 아닙니다. 등장인물도 겨우 네 사람입니다. 있다면 빛의 화가라는 별칭답게 빛과 어두움만 풍부하게 존재하는데 그 둘의 조화가 신비롭습니다.

떡을 뗄 때서야 예수님을 알아보는 그 '순간'입니다. 떡은 때를 알려주는 걸까요, 인간의 보편적 한계를 의미하는 걸까요? 일에 분주한 여관집 주인의 모습이 보이지만 예수님과 전혀 상관없는 생존의 모습입니다.

예수님은 어둠과 빛 사이에 존재합니다. 어쩌면 그를 바라보는 자광명이고 그가 없는 자 어둠이라는 것을 나타내는 신앙심 깊은 렘브란트의 은일한 메시지일 거예요.

한 제자는 깜짝 놀라면서 예수님에게서 시선을 떼지 못하고 있고, 다른 한 제자는 의자를 밀치고 예수님 앞에 무릎을 꿇습니다. 놀라면서도 여전히 의심 가득한 저 표정이라니요. 그래도 그의 머리 위에 걸려있는 보따리는… 그가 금방 금방 예루살렘으로 예수님 만난 사건을 전하려고 떠날 것을 나타내주고 있지요.

그들이 예수님을 깨닫는 순간 예수님은 사라지시는데, 렘브란트는 빛의 미세한 흔들림으로 금방 사라지실 예수님을 표현했습니다.

경험치 못한 모든 것은 관념이라고 합니다. 사랑하는 가족과 참척의 아픔을 겪고 있는 사람들에게 이 세상 무엇으로 위로가 되겠습니까? 슬픈 눈빛을 지닌 제자들에게 엠마오 가는 길에 나타나신 예수님, 저들과 동행해주시며 저들의 가슴 찢어지는 이야기를 들어주시고 저들과 함께 떡을 떼어주소서.

폴 고갱, 「설교 후의 환상(천사와 씨름하는 야곱)」, 1888

간절하십니까?

현대는 환상이 사라진 시대죠. 환상의 건기 시대.

너희 노인들은 꿈을 꾸고 너희 청년들은 환상을 볼 것이다.

－요엘 2장 28절

성경에는 이렇게 선명한 환상이 있는데 말이죠.

삼십여 년 전 외할머니 박이님 권사님이 소천하셨어요. 키도 작고 아주 마른 체형의 어른이셨죠. 마당에 넓은 차일을 치고 입관 예배를 드렸어요. 젊은 전도사님이 기도를 인도하시는데 차일은 어디론가 사라져버리고 외할머니가 우리들 위로 마치 구름처럼 떠 계신 거예요. 하얀 옷을 갈아입으시고. 아! 할머니…. 할머니께서는 천국에 가셨구나. 그때 그 짧은 순간의 환상은 천국에 대한 확신이었고 나를 부르시는 사인이었어요.

「설교 후의 환상」이란 고갱의 그림입니다.

수년 전 여름 덕수궁에 있는 국립 현대 미술관에서 고갱 전시회가 있었어요. 우리나라 전시회 역사상 전무후무한 보험료를 들인 전시였죠. 소문에 걸맞게 책에서나 볼 수 있었던 고갱의 유명한 그림이 거의 망라되어 있더군요.

고갱이 그린 「타히티 풍경」에서는 그의 염원이 보였어요. 예술을 지극히 단순하게 만들고 싶어 하는, 원시 예술이라는 방법을 통하여 형태는 단순화되고 색상 너머의 사유를 그린, 그리하여 추상적인 느낌조차 있는 그림들.

전시 커미셔너의 글에서 왜 고갱인가 묻는다면 그가 마지막 인상주의자이기 때문에 인상주의 시대를 마감한 최초의 근대 화가이기 때문에라고 적고 있더군요.

특별히 「설교 후의 환상」 앞에서 오래오래 서 있었어요. 강렬하면서도 아름답고 단순하면서도 신비로웠어요.

브르타뉴 지방의 여인들입니다. 민속 복장을 하고 있네요. 고갱은 한 화면 위에 매우 현실적인 현재의 여인들과 오래전 성경 속 인물인 야곱과 그와 싸웠던 영적인 존재 천사까지 거침없이 불러왔습니다. 전통적 원근법은 무시되었고 지평선과 공중도 보이지 않네요. 어느 한 시점에서 볼 수 있는 통일적 공간 구성도 파괴되었어요.

강력한 저 빨강색이라니요. 비스듬하게 뻗은 나무(사과나무라고 하는

데 잘 모르겠어요.)는 현실과 환상을 나누어 주고 있어요.

이 작품을 계기로 고갱의 화풍은 확실히 달라졌다고 해요. 그는 형태를 단순화하고 강렬한 색채를 사용하는 새로운 회화 양식을 선언하게 되죠. 인상주의에 결연히 등을 돌린 고갱의 종합주의가 탄생하는 거예요.

브르타뉴 여인들의 모습을 자세히 보세요. 얼핏 보면 구경하는 사람들처럼 보이지만 실제 그녀들은 거의가 다 손을 모으고 눈을 감은 채 기도하고 있죠. 기도하는 가운데 환상을 본다는 강력한 메시지죠.

간절한 마음으로 설교를 듣고 다시 간절한 마음으로 기도하는 여인들에게 환상이 나타난 것은 어쩌면 당연한 일 아닐까요. 그렇다면 표현을 달리해야겠네요. 현대는 환상의 건기가 아니라 간절함의 건기라고. 간절하십니까?

디에릭 보우츠, 「시몬의 집에서 예수 그리스도」, 1445

그녀를 기억합니다

사순절은 어느 때보다 눈이 밝고 섬세해야 할 시간입니다. 어쩌면 한해 중 가장 성찰을 필요로 하는 시간일 거예요. 단단한 나무를 뚫고 돋아나는 움처럼 우리에게도 주를 향한 새순이 잘 자라나고 있는지 살펴보아야 할 때니까요.

발칸의 장미향은 깊은 밤이나 이른 새벽에 채취를 한다고 해요. 그때가 가장 향기의 순도가 높다고요. 식물도 자신에게 깊이 침잠할 때 온전한 향기를 지닌다는 증빙이겠지요.

디에릭 보우츠(1415~1475)의 그림 「시몬의 집에서 예수 그리스도」입니다.

균형 잡힌 구성과 색깔의 조화가 눈에 띄는군요. 무엇보다 표현이 풍부한 그림입니다. 저 눈빛들만 봐도 사람의 성품이 다 읽히는 것 같습니다. 호기심 가득한, 그래서 약간 저급해 보이는 시므온의 표정, 여자의 접근에 대해 좋지 않게 생각하는 베드로, 요한은 수도사에게 뭐라고 말을 하네요. 수도사의 눈빛은 형형한데 경건하게 손까지 모은 그는 어디를 바라보고 있을까요? 예수님 앞에 엎드린 여인의 눈빛은 슬프기 그지없습니다. 자세히 보면 울어서 눈이 부은 것처럼 보이기도 해요.

식탁 위에는 다섯 개의 빵과 물고기 두 마리가 놓여있는데 접시와 포도주병이 아주 정교해 보입니다. 플랑드르 화가들은 정물화를 아주 잘 그렸는데 디에릭 보우츠도 예외는 아니었어요. 따로 떼어서 정물화로 해도 손색없을 그림이죠.

소박한 식탁은 두 가지 의미로 해석이 가능합니다. 오병이어의 기적을 베푸신 예수님을 의미하기도 하지만 예수님을 청한 시므온의 태도도 엿보이는 식탁이죠.

시므온 좀 보세요. 예수님은 맨발이신데 그는 아주 좋은 신발을 신고 있습니다. 그의 신발은 예수님이 오셨을 때 발 씻을 물도 주지 않았다는 것을 의미합니다.

품행이 방정치 못한 여인이 하는 행동을 고개를 뺀 채 내려다보며 그는 생각하죠.

'예수님이 이 여자에 대해서 과연 아실까?'

여인은 고개를 들거나 몸을 세울 수도 없어 숙인 몸을 한 팔로 지탱하고 다른 한 손으로는 자신의 머리카락으로 예수님의 발을 닦고 있군요. 뚜껑 열린 옥합이 거기 있구요.

나르드 spikenard는 마타리과의 식물입니다. 히말라야나 인도의 산간지대에서 자라나는 풀이라고 해요. 희귀한 식물로 만든 향기라 옥합에 넣어 밀봉한 것은 당연하겠지요.

사람들은 이제나저제나 비슷해서 그녀의 행위보다는 오직 나드향의 비쌈(!)에 관심이 많습니다. 나드향은 사실 과부의 두 렙돈과 같은 급인데요. 여인이 예수님의 발에 부은 나드향에서 우리가 보아야 할 것은 여인의 마음, 그 마음속에 있는 주를 향한 사랑일텐데요. 예수님은 언제나 그 의미와 그 안을 보시는데 왜 번지레한 겉이 우리의 마음을 빼앗는 걸까요?

그림을 생각하며 말씀을 묵상하는데 시므온처럼 신발을 신고 있는 제가 보입니다. 옥합이 지니고 있는 의미보다는 옥합의 가격에 시선을 앗기고 있는 유다 같은 저도 있습니다.

내가 진실로 너희에게 이르노니 온 천하에 어디서든지 이 복음이 전파되는 곳에서는 이 여자가 행한 일도 말하여 그를 기억하리라 하시니라.

－마태복음 26장 13절

그녀를 기억합니다.

폴 세잔, 「생트 빅투아르 산」, 1890

홀로이면서 숲이라는 우리

풍경이 내 속에서 자신을 생각한다. 나는 풍경의 의식이다.

- 세잔

나무는 한겨울인 지금도 벗은 몸으로 서로 존중하며 '홀로'이면서 숲
이라는 '우리'를 만들어내고 있다.

- 위영

공근혜 갤러리에서 열린 정승희의 〈풍경〉 전시회의 입구에 쓰여 있
던 문구입니다. 세잔 아래 위영이라니 제겐 도무지 잊을 수 없는 풍경
이죠.

세잔은 풍경을 그린 듯 보이지만 사물의 본질을 그리고 싶어 했어
요. 자신이 바라보는 풍경이 아니라 풍경이 의식하는 풍경을 그리고
싶어 한 거죠. 당연히 저는 세잔의 의식에서 내 안에 계시는 성령님을

떠올렸어요. 내 뜻, 내 맘대로가 아닌 그분의 뜻대로 살아야 하는….
본질은 결국 서로가 통하는 거죠.

하와의 사과, 뉴턴의 사과, 그리고 세잔의 사과는 인류 역사를 바꿔
놓은 삼대 사과라는 유머가 있습니다만 깊은 통찰이 숨어 있는 것 같
기도 합니다. 세잔의 사과는 현대 미술을 상징하는데 그는 사과 몇 알
로 세계를 평정한 거인이죠. 피카소는 세잔의 사과를 평생 연구했다고
해요.

마흔일곱의 나이에 세잔은 고향인 엑상프로방스로 돌아옵니다. 그
리고 고독하지만 치열하게 자신의 작업을 수행합니다. 그는 모든 대상
을 단순화했고 기본적인 형태로 집약했어요.

"자연의 모든 형태는 원기둥과 구, 원뿔로 이뤄졌다."

세잔의 이론은 미술의 잠언입니다.

해발 1,100m 높이의 생트 빅투아르산을 그는 평생 그렸습니다. 산
이 전해주는 이야기가 그토록 많았던 것일까요? 다정도 병인 양하며
그리워만 하다가 처음으로 그와 친견을 했습니다. 국립 중앙 박물관
에서는 오르세전이 열리고 있는데 세잔의 그림이 무려 3점이나 왔거
든요. 그의 「생트 빅투아르 산」을 보는 순간 정말 가슴이 떨렸어요. 인
터넷이란 요술 만화경에 의해 좋아하는 그림들을 날마다 보며 살다가
실제로 세잔이 표현한 「생트 빅투와르 산」을 바라보다니, 겨우 삼십

분 정도 차를 타고 와서 세잔을 만나다니, 이렇게 느긋하고 천천히 바라볼 수 있다니 정말 우리나라 좋은 나라, 우리나라 만세가 하고 싶어졌어요.

그는 형체는 단순화시키면서 색은 더욱 다양하게 사용했어요. 그래서 그만이 지닌 독특한 원근법과 입체감은 교직과 교차, 즉 보이지 않는 것까지 상상하게 하는 힘을 지닌 것 같더군요.

작은 나무들에 둘러싸여 있는 커다란 소나무가 눈부십니다. 그가 그린 하늘과 산의 능선, 그리고 거의 비슷해 보이면서도 서로 다른 색이 표현하고 있는 산의 풍부함.

하늘의 빛깔은 하늘이 지닌 수많은 하늘을 거기 모아둔 것처럼 보였어요. 참으로 가슴을 설레게 하는 작품이었어요.

제욱시스는 선명하게 포도를 재현해서 새들이 그 포도를 쪼아 먹으려고 했지요. 파라시우스는 꽃 그림 위로 베일을 쳤어요. 제욱시스는 그 베일을 걷어내려 해서 스스로 무릎을 꿇었죠. 세잔은 형태 자체가 아닌 색으로 형태를 구분해서 오히려 형태를 선명하고 강렬하게 표현했죠.

사람은 두 부류로 나뉜다고 누군가 그랬어요. 세상 사람을 둘로 나눈다면 피카소의 「게르니카」를 본 사람과 보지 않는 사람이라고, 지금의 나라면 세잔의 「생트 빅투아르 산」을 본 사람과 보지 못한 사람으로 나누겠어요.

빈센트 반 고흐, 「오베르 교회」, 1890

오베르 교회

이제 숲은 정중동입니다. 꽃의 기억은 벌써 희미해졌고 어린 순은 자랐습니다. 원숙해진 숲에서 푸나무들은 고요하게 하늘을 바라고 있습니다. 무성한 나뭇잎을 보며 아담과 하와의 가림 옷이 되었던 무화과 나뭇잎을 떠올리게 됩니다.

인식은 부끄러움과 슬픔에 대한 성찰이기도 하지요. 생이 부끄럽고 슬퍼질 때 숲으로 가야 할 이유이기도 합니다. 삶의 정점을 달리는 숲은 삶을 성찰하기에 좋은 장소입니다.

빈센트 반 고흐의 마지막 작품인 「오베르 교회」입니다. 고흐 특유의 강렬한 색깔과 붓 터치가 돋보이는 작품입니다. 이 그림을 마지막으로 고흐는 세상을 떠났는데 교회 그림이 그의 마지막 작품이란 것은 그에게나 우리에게나 깊은 의미를 주기도 합니다.

길이 두 개 나 있습니다. 마을로 가는 길과 공동묘지로 가는 길입니다. 마을은 조금 보이지만 묘지는 전혀 보이질 않는군요. 어쩐지 교회를 향하여 뚫린 길이 있어야 할 듯한데 오히려 두 개의 길은 교회를 비켜가고 있습니다. 세상도 죽음도 비켜가는 곳이란 의미일까요?

가끔 길은 미래처럼 혹은 시간의 순례자처럼 보이기도 합니다. 산속으로 휘어지며 아득해 보이는 산길, 숲으로 들어서는 길, 굽이도는 잿길들은 아름다운 풍경처럼 마음속으로 스며듭니다. 오래된 고샅길, 사람의 흔적이 뜸한 두멧길, 온전히 사람의 발길로만 다져진 너덜길이나 나무꾼들의 발길로 만들어진 푸서릿길을 걸을 때면 더 그렇습니다.

어쩌면 우리에게 각인된 길이란 개념이 보이는 것만이 아니라 보이지 않는 무형의 것이라는 생각이 더 커서일까요, 어느 땐 길이 있어 내가 걷는 것보다 마치 길이 다가오는 듯한 생각을 할 때도 있습니다. 왜 그렇게 길에, 특히 낯선 길에 매혹당하는지…. 가지 못한 길이어서일까요. 어쩌면 길이란 단어가 지닌 폭넓은 아우라 때문일지도 모르겠습니다.

보리가 익어가는 즈음입니다. 오베르 교회는 지금도 실제 존재하는 교회인데요, 고딕 양식에 로마네스크 양식의 건물이 함께 있습니다. 가만 보세요. 교회가 마치 움직이는 것 같지 않습니까? 저 화려하게 대비된 색들은 그 움직임을 더욱 강하게 해주고 있구요. 교회의 움직임을 통하여 고흐는 보이지 않는 자신의 영혼이 살아 움직인다는 것을, 사람이 지닌 영혼의 울림을 표현하고 싶었을까요? 하늘은 하도 짙

푸르러 무거워 보이기조차 합니다. 자세히 보면 교회의 정문이 아니라 뒷모습입니다.

　이상하게 그림 속 「오베르 교회」는 그 어디에도 출입문이 없습니다. 설마 없겠습니까? 보이지 않는 옆이나 뒤에 문은 존재하겠지요.

　광산에서 복음을 전하던 고흐는 광부 편에 섰다가 전도사에서 해고 됩니다. 성직자의 길을 막았던 교회, 혹은 너무나 깊은 가난과 고통에 젖어 살던 자신의 생존을 저렇게 닫힌 문으로 나타내려 했을까요?

　사실 고흐는 그의 동생 테오와 주고받은 편지에서 수많은 성경 구절과 기도문으로 전도사 시절 이야기를 하곤 했습니다.

"박제된 죽은 하나님이 아니라 살아계신 하나님, 우리로 하여금 거절
할 수 없는 힘으로 변함없는 사랑을 향하여 나아가도록 하시는 분"

　고흐가 쓴 편지 속 구절입니다.

　어쩌면 그는 고통스러운 삶을 살아가면서 혹시 자신이 벗어난 목회의 길에 대한 그리움을 저렇게 「오베르 교회」로 표현해냈을지도 모릅니다.

　작가인 앙드레 말로는 이 작품에 대하여 이렇게 말했습니다.

"광기에도 불구하고, 죽음의 위협에도 불구하고 한 남자가 지탱하고
있던 믿음은 다수의 열정과 동일한 것이다."

「오베르 교회」, 아름답기도 하고 두렵기도 한 교회의 모습입니다. 한참 바라보노라면 그 살아 움직이는 모습이 고흐가 즐겨 그렸던 사이프러스나무처럼 보이기도 합니다. 나무가 만들어내는 숲은 자연이 만든 교회일지도 모릅니다.

진정한 화가는 양심의 길 위에 있다. 화가의 영혼과 지성을 위해 붓이 존재한다. 화가는 캔버스를 두려워하지 않는다.

고흐의 「오베르 교회」를 보며 아우라는커녕 '솟구치기'만을 좋아하는 소수의 교회들도 생각해봅니다. 반 고흐가 한창 그림과 분투하던 시기에 쓴 편지글을 생각해보면 「오베르 교회」는 고흐의 신앙 고백으로 여겨지기도 합니다.

의심하는 도마와 도마의 치유

예술은 이론을 초월하는데 묘미가 있다고 김환기는 일기장에 적었습니다. 절묘한 지적 같아 보입니다만 사실 우리네 생은 거의 대부분이 이론이나 논리를 떠나 있습니다. 이제 곧 사람 발길 뜸한 산길에는 노오란 복수초가 눈부시게 피어나겠지요. 언 땅을 뚫고 피어나는 여린 꽃의 장엄함을 무슨 이론으로 설명할 수 있겠습니까?

논리로 풀 수 없는 부활 앞에서 믿음보다는 이성과 회의 쪽에 선 도마를 그린 카라바조의 「의심하는 도마」입니다.

카라바조는 39살에 이른 생을 마감한 천재입니다. 그는 자유롭고 분방하여 범죄를 저지른 도망자의 신분이면서도 성화를 부탁받아 그림을 그리곤 했습니다. 그의 실력이 너무도 출중했기 때문입니다.

카라바조는 르네상스 회화를 뛰어넘은 바로크 회화의 창시자로 인정받기도 합니다.

카라바조, 「의심하는 도마」, 1601~1602

「의심하는 도마」 속에는 보이지 않는 빛이 스며들어 사람들을 비추어냅니다. 어두움 가운데 있는 사람, 어깨가 환하게 드러난 도마와 이마에 빛이 비치는 사람 등 명암의 대비가 선명하여 인물들의 입체감이 사실적으로 드러납니다.

빛의 굴절과 명암을 매개로 사람의 시선을 자연스럽게 도마의 손가락으로 유도해냅니다. 예수님의 상처를 바라보는 것만으로도 부족하여 손가락을 넣어 헤집는 도마를 보세요. 상처를 도대체 어디까지 들여다봐야 직성이 풀리려는지 눈을 하도 부릅떠서 이마에 주름이 가득 잡혔네요. 그 옆의 두 사람도 도마 못지않습니다.

그런데 저 그림 속의 세 사람, 우리 아니던가요? 기도 많이 했는데요, 왜? 이 정도면 괜찮은 편 아닌가요? 그런데 왜? 저 사람보다는 제가 좀 더 그런데 왜? 왜? 하면서 주님께 따지고 드는 우리 말입니다.

그런 세 사람을 앞에 두고 옷을 젖힌 채 가슴의 상처를 보여주시는 예수님은 도마를 보지 않고 도마와 함께 당신의 상처를 바라보고 있습니다. 고통이나 불쾌감조차 별로 보이지 않는 자연스러운 모습입니다.

"얘 그게 그리 궁금하더냐? 그리 믿을 수 없더냐? 보고 싶으면 마음껏 보렴."

도마의 손을 살짝 잡은 예수님 말씀이 들리는 듯합니다.

"그러나 보지 않고 믿는 이 더 복될 것이다."

지극히 인간적이면서 지극히 신적인 인카네이션의 상황을 포착한 위대한 작품이 아닐 수 없습니다.

인도 출신의 영국 조각가, 현대 미술에서 가장 핫한 작가 아니쉬 카푸어의 「도마의 치유」는 벽에 아주 얇은 칼자욱을 냈습니다.

삼성 리움 미술관에서 만났는데 간결한 주제 표현과는 상치된 사유의 핵을 지닌 놀라운 작품입니다. 현대 미술의 한 단면을 기막히게 압축해 보여주는 작품이기도 하지요. 작품을 대하는 순간, 잘든 칼로 칼질을 하다 어느 순간 손가락 베일 때 베인지도 모르다가 '아, 배었네.' 하는 그 찰나를 경험했습니다. 제목의 치유는 베인 자락, 예수의 상처를 보면서 그의 의심이 끝나고 믿음을 회복했다는 치유를 담고 있습니다.

예수께서 오사 가운데 서서 이르시되 너희에게 평강이 있을지어다.

— 요한 20:19 중

"평강하니?"
작품 앞에서 침묵의 질문을 듣습니다.

아름답고 시적인 블루

이화여대 후문 앞에 가면 '필름포럼'이란 아주 자그마한 예술 영화관이 있습니다. 영화관은 겨우 2개, 스크린도 작고 객석도 작은 마치 이즈음의 대세인 강소교회 같은 곳입니다. 입구의 자그마한 카페는 광염교회에서 장애우들을 위해서 차려주었다고 해요.

며칠 전 그곳에서 〈뮤지엄 아워스〉라는 영화를 보았습니다. 비엔나의 미술사 박물관이 주인공(?)인 영화였어요. 관객은 겨우 다섯 명이었죠. 스토리가 거의 없는, 전문가들이 에세이 필름이라는 카테고리로 엮는 영화입니다.

박물관 경비인 남자 주인공이 코마 상태에 빠진 사람 앞에서 파티니르의 《그리스도의 세례》라는 작품을 읽어주는 장면이 나오는데 그 대목에서 잠시 숨을 멈추었습니다.

그렇죠. 코마는 죽음과 삶의 경계라고 볼 수 있겠지요. 죽음 앞의 그녀에게 지금 가장 중요한 것이 무엇일까? 사실 그녀만일까요? 우리

요하임 파티니르, 「그리스도의 세례」, 1515

모두도 그런 경계선에 서서 살아가고 있는 것 아닌가 말이죠.

세례가 중생이며 부활이라면 「그리스도의 세례」는 완벽한 선택이었습니다.

요아힘 파티니르는 풍경을 중시하는 최초의 플랑드르 예술가입니다. 「그리스도의 세례」는 맑고 푸르게 흐르는 강과 하늘, 험한 바위, 그리고 먼 데 산까지 아름답게 어우러져 있는 작품입니다. 푸른색은 천국에 대한 희망이 어린 빛으로 종교화에서는 의미가 깊은 색입니다. 이 그림을 한참 바라보노라면 풍경들이 다들 고개를 빼어들고 예수님 세례 받으시는 풍경을 응시하는 것 같습니다. 아니 마치 조금씩 움직이며 예수님을 향하여 다가오는 것 같기도 합니다.

예수님은 푸른 망토를 헐벗은 나무 곁에 벗어놓으셨네요. 마른 나무 같은 사람을 품으시겠다는 그분의 따뜻함을 보여주는 것 같기도 합니다.

아! 요한은 그런 예수님이 황감하여 무릎을 꿇고 세례를 줍니다. 단정한 자세로 요한에게 세례를 받으시는 예수 그리스도, 순종의 정점입니다.

정면을 향하며 저 먼 앞을 응시하는 예수님은 슬프면서도 단호해 보이시는군요. 가야 할 길을 아는 눈빛입니다.

하늘에서 그런 예수님을 바라보는 하나님, 사랑하는 내 아들아 애통해하는 그분의 안타까워 보이는 손이 많은 것을 이야기합니다.

풍경들조차 예수님을 향하는데 사람들은 어떤가요? 바로 뒤도 아닌 약간 옆에서 예수님을 바라보고는 있네요.

"궁금해, 저분은 뉘실까? 우리를 위해 오신 구세주라고 하는데 정말일까? 가까이 가봐야 하지 않을까?"

터번을 두른 지도자급들 몇은 아예 뒤로 돌아서 있습니다. 어쩌면 사람들이 예수님께 나아갈까 봐 두려워하며 감독을 하는 것 같기도 합니다. 그래도 잠시 후 비둘기 같은 성령이 임하시면 택한 자들은 예수님께 나아오겠지요.

파티니르가 의도했건 하지 않았건 성령의 인도하심으로 인해 우리는 그의 그림 속에서 우리를 발견합니다. 가야 할 길도 생각하게 되며 무엇보다 희망도 가지게 됩니다.

매우 시적인 그림입니다.

여든한 송이 매화

선비들의 겨울나기 '九九消寒圖'를 아시는지요? 한겨울이 시작되는 동짓날, 창호지에 매화 송이 여든한 개를 그립니다. 그리고 그날부터 하루에 한 송이씩 매화꽃을 피워냅니다. 어제 꽃송이 그리하여 오늘 나무 다르겠지요. 색의 농담, 꽃그늘, 깊은 산속으로 매화를 찾으러 가지 않더라도 방 안 그 자리에서 매화 꽃 피어납니다. 여든한 송이 매화가 다 피어나는 날 창문을 열면 거기 실제로 매화가 피어나기 시작한다고요. 봄을 그리워하는 기다림의 몸짓이 참으로 서정 그 자체입니다.

이월이 저물어 갈 무렵이면 저절로 매화가 그리워집니다. 아무에게나 아무 때나 내주지 않는 매화의 암향, 그윽한 전기田琦의 그림 「매화초옥도」입니다.

종이에 그린 수묵 담채화죠. 수묵 담채화는 수묵이 주이고 채는 아주 옅게 들어앉아 있는 그림을 말함인데 산뜻한 호분으로 그려낸 저

전기, 「매화초옥도」, 19세기 중엽

하얗게 보이는 산은 눈일까, 휘영한 달빛일까? 눈이라도 괜찮고 달빛이라도 무람합니다. 둥글둥글한 산은 크고 작은 모습이 산과 하나 되어 어우러지고 싶은 작가의 마음 같기도 합니다.

깊은 산속임에도 불구하고 그 깊은 산은 위엄을 나타내거나 위협적이질 않고 그저 친숙한 이웃처럼 달빛 아래 다정하기만 하군요.

눈 때문인지 달빛 때문인지 길이 화안하네
아무리 멀고 멀어도 벗을 향하여 가는 걸음은 흥취만 그득하구나
발걸음은 가벼운데 이 그윽한 향기는 어디에서 오는고
저 검은 나무 위의 솟아난 하얀 꽃은 눈인가
꽃인가
달빛인가
벗에게서 뿜어져 나오는 향기가 저 나무를 물들이고 꽃을 지나 내게로 다가오네
눈처럼 핀 매화가 벗처럼 나를 반기네
달빛처럼 환한 꽃이 벗처럼 웃네
죽은 가지에서 피어난 것도 대견한데 이 냉엄한 추위 속에서도 거침없는 저 모습
희디흰 꽃은 벗처럼 아름답네
눈 가운데서 달빛 아래서 싱싱하게 피어나는 저 생명의 기원들
여린 듯 강하고 강한 듯 부드러움이 마치 내 친구의 기상과 같네

산이 있고 매향 있어 더불어 그와 나의 만남이 있으니 더 무엇을 바라랴

가끔은 산속 은거자에게 뱃멀미 도지듯 도져오는 외로움의 산기는 고통스럽기까지 하겠지요. 더군다나 고적한 깊은 겨울임에랴.

고적이란 벗은 가을에 찾아와 둥지를 틀더니 도무지 갈 생각을 하지 않습니다. 처마 밑 고드름처럼 오히려 자라나기도 합니다. 지병인 양 외로움에 길들어 가는 그에게 벗이 다니러 오겠다는 기별이 왔습니다. 인생을 논할 수 있는 벗입니다.

산을 이야기하면 강이 흐르고 강물을 이야기하면 산봉우리가 보이는 친구이죠. 무엇보다 그 친구는 음악을 사랑하여 거문고를 어깨에 메고 올 것입니다. 친구가 타는 음들을 산이 들었다가 그가 떠나고 난 후에 되새김질해줄 것입니다.

문을 활짝 열어놓고 기다립니다. 그가 오는 발걸음 소리가 들리면 맨발로 마중 나가야지요. 그를 위해 오랜만에 채색 옷도 꺼내 입었습니다.

그림 한 모퉁이에 적힌 "亦梅仁兄草屋笛中(역매인형초옥적중) 역매 오경석이 초옥에서 피리를 불고 있다."라는 글귀로 미루어 보아 초옥에 앉아 있는 인물은 역매 오경석이란 인물이고, 홍의紅衣의 인물은 전기 자신임을 짐작하게 합니다.

"목을 길게 빼고 기다리노니 원컨대 전기의 그림 속 사람이고 싶어라."

조희룡은 이런 멋진 문으로 전기를 상찬했습니다.

조금 있으면 정말 매화… 피어나겠지요. 탐매, 암향에 빠지기 전, 창조주의 손길을 기억하는 봄이 되렵니다.

카라바조, 「성 베드로의 부인」, 1610

슬픔의 시간

꽃이라고 하여 슬픔 없을까요? 꽃을 피우지 않고 스스로 자가 수정을 하는 폐쇄화는 꽃들의 슬픈 생태를 의미하는 단어입니다.

봄의 전령사인 제비꽃은 제비가 돌아오는 때를 알려주기도 하지만 오랑캐를 주의하라는 뜻으로 오랑캐꽃이라는, 체구에 맞지 않는 이름으로 불리기도 했었죠. 제비꽃에는 폐쇄화가 많습니다. 특히 늦봄이나 여름에 피어나는 제비꽃은 꽃잎을 아예 열지 않습니다. 세상이 온통 눈부신 꽃 천진데 어느 벌 나비가 지표면 바로 위의 그 작은 꽃에 마음을 주겠습니까? 제비꽃은 그런 자신의 처지를 미리 알고 자가 수정을 하는 거죠.

자신을 알아 꽃잎을 열지 않는 제비꽃의 생태는 존재에 대한 섬뜩한 성찰을 담고 있습니다. 오직 하나님 앞에 홀로 서 있는, 그 누구도 대신할 수 없는 우주이면서 너무나 미약한 존재인 나를 보는 것 같기도 합니다.

카라바조의 그림 「성 베드로의 부인」입니다.

때는 예수님 잡혀가신 날 밤, 무대는 제사장 집 마당. 사위를 어둠이 장악하고 있군요.

세 사람이 무대에 나섭니다. 여종은 냉정하고 무심한 눈빛으로 투구를 쓰고 갑옷을 입은 병사에게 말하고 있습니다. 병사는 어둠 속에 있어선지, 혹은 얼굴이 보이지 않아선지 매우 위협적으로 보입니다.

여종은 확신하듯 두 손을 들어, 그리고 두 손가락을 펼쳐 "이 사람 예수당이에요." 말합니다. 병사도 베드로에게 손가락을 들이대며 다짐하듯 묻습니다.

"이 사람이?"

옷의 색깔과 빛의 향방, 여자의 이마 위 그림자가 눈에 띄는군요. 베드로는 손가락으로 아니라고, 자신은 아니라고 부인하고 있습니다. 베드로의 부인은 점점 강도를 높여갑니다. 세 번째는 배신을 넘어 저주까지 이르게 됩니다.

세 번을 부인하는 것을 의미하는지 그는 손가락 세 개로 자신을 가리키고 있습니다. 예수님을 부인한 것은 아마도 자신의 근간을 뒤흔드는 일이었을 거예요. 깊게 팬 주름에는 절절한 고뇌가 엿보입니다. 여자에게 비친 빛보다 순후해선지 눈동자는 시름에 가득 차 있습니다. 베드로가 지녔을 회한이 가슴으로 다가옵니다.

예수님 곁에서 그토록 강렬한 충성을 맹세하던 베드로는 어디로 갔을까요? 하룻밤 새에 긴 인생의 여정을 축약한 드라마가 펼쳐집니다.

그리고 카라바조는 한 장의 그림 속에 그 통렬한 드라마를 담아냅니다.

화가들이 그리고 싶어 하는 것은 풍경의 재현이 아닙니다. 풍경이나 사람 속에 감추어진 내밀한 속이지요.

혹시 카라바조는 예수님을 부인하는 베드로를 통해 슬픔을 표현하고 싶었을까요?

에덴동산을 떠난 이후 사람의 속성이 된 슬픔, 오직 열매를 위해 피지도 못하고 시들어가는 폐쇄화의 슬픔처럼 생의 존재에 대한 근원적인 슬픔 말입니다.

사순절은 사실 슬픔의 시간이기도 합니다. 닭이 울고 베드로와 눈빛이 마주치는 예수님을 기억해야만 하는 시간입니다

(상) 빈센트 반 고흐,
「나사로의 부활
(렘브란트 모작)」,
1890

(하) 렘브란트 판 레인,
「나사로의 부활」
1630~1632

노란색 – 놀랑색

~~~~~~~~~~

　부활時니까, 이즈음 자주 두 그림을 가만히 들여다봅니다. 렘브란트가 그린 「나사로의 부활」, 모작이라고 하는데 해 아래 새것이 어디 있겠는가만 거의 비슷하지도 않은 전혀 다른 그림처럼 여겨집니다. 아니 그 몸의 형상이 조금 비슷한가요? 물에서 솟아난 듯 땅에서, 그렇지 딱딱한 땅을 뚫고 여린 새싹이 솟구쳐 오르듯이 죽은 사람도 희미한 데서 선명하게 나타나는, 소멸된 채… 이미 소멸을 향하여 가던 몸이 새로운 생명을 얻은 그 부분이 조금 비슷하기도 합니다.

　렘브란트의 그림은 메시지에 충실한, 빛과 어둠까지 차용하여 너무나 강렬한 예수 그리스도십니다. 그가 예수 그리스도의 팔에 특별히 주목해서 그린 작품은 렘브란트도 혹시 기적과 이적에 더 깊은 눈길을 주고 있는 게 아닌가 슬며시 생각이 들기도 합니다. 아, 물론 정말이지 그분은 강하고 담대하고 굳으신 분이시지만 어쩐지….

　내게는 렘브란트가 그린 예수 그리스도의 저 강렬한 팔-그렇지 내용

이야 죽은 자를 살리시는, 죽은 자에게, 죽어서 이미 냄새나는 자에게 나사로야 일어나라 하신 거니까, 그러니 그 힘과 에너지야 이 세상 어떤 사람도 지닐 수 없는 강함이지만, 그래도 내게는 렘브란트의 팔, 자신의 능력을 만천하에 고하는 것 같은 웅장한 - 보다는 고흐의 그림 속 부활이 더 부활답게(?) 여겨지는군요.

이렇게 나이가 들어가니까 어떤 생각들이 점점 깊게 뿌리 내리는 것들이 있어요. 가령 모든 강한 것들은 천박할 가능성이 농후할 거라는 생각 같은 게 단단해져 갑니다. 강함이 지닌 매력이야 말할 필요도 없지요. 가장 사람을 홀리게 하는 매력 덩어리지만 삶의 근원, 근간, 근본에서 바라본다면 모든 순후한 것들이 지닌 아름다움, 수수한 순응과 부드러운 순종이 예수 그리스도와 더 가까운 색이 아닐까 싶은 거지요.

그런 의미에서 고흐의 부활이 좋습니다. 저 노란빛… 원래 고흐는 노란빛을 즐겨 했지만요.

노랑색을 놀랑색으로 표현하던 네 살 된 아기를 알고 있어요. 한참 커서까지 '놀랑색~'이라 발음했어요. 혀가 짧아서? 귀가 열리지 않아서? 아마도 그러했겠지만 아무도 모르는 그 사이로 아이는 어쩌면 노란색에 대한 놀라움을 놀랑색으로 발음한 것이 아닐까 생각해 봤어요.

노랑색은 부활, 사랑을 나타내는, 하나님의 임재를 상징한다고 합니다. 왜 아니겠어요. 봄이 오려는 길목에서 피어나는 시춘목, 산수유를 보면 그 은은한 노란빛, 아직 겨울 자락 드리운 어두운 숲, 겨울의 잔영이 그득한 숲에서 살짝 머금은 노란빛이 열리면, 그럼요. 부활을 상징하고 말고요. 그 애틋함은 사랑의 완전성을 보여주기도 하죠. 그윽한 하나님의 임재를 형상화한 빛이라면 노랑일 거예요.

아! 얼굴을 덮었던 손수건을 드니 거기 고흐가 있네요. 나사로가 아닌 고흐 자신, 바라보는 신앙이 아니라 체화된 신앙의 표현으로 자신의 얼굴을 넣었을 것 같아요.

나사로처럼 "부활할 것을 믿습니다!"라는 고흐의 고백. 어려움과 고난 속에서 짓누르는 삶의 고통 가운데서 그는 얼마나 부활을 꿈꾸었을까요? 그래서 부활하는 나사로 대신 자신의 얼굴을 그려 넣은 걸 거예요. 편안해 보이기도 하네요. 죽음에서 살아난 것보다 저 편안함이 오히려 더 부활의 정점이 아닌가요?

고흐의 눈부신 저 노오란 그림은, 놀랑색으로 그려진 저 부활의 그림은 정말 부활에 대한 소망을 가없이 지니게 하네요.

중얼거리며 기도하지 않아도 부활을 알려주는, 소식이 아니라 부활 속으로 들어가게 하는 기도네요.

(상) 빈센트 반 고흐,
「신발」,
1886

(하) 부다페스트,
「다뉴브 강가의 신발들」,
2005

고흐의 구두와

강변의 신발들

　빈 여행 중 이틀을 헝가리 부다페스트에서 지냈다. 비가 쉬지 않고 내렸다. 그래선지 다뉴브 강가에는 사람이 거의 없었다.

　아름답기로 소문난 풍경들은 어두운 회빛 속에 잠겨 잘 보이지 않았고 운무 속에서 가끔 배가 지나다녔다. 한강처럼 제법 폭이 큰 강이었는데 물길이 세찼고 그 빛은 탁했다. 독일에서 시작해 흑해로 흘러간다는.

　나라마다 이름이 다른 다뉴브 강은 실제 핏빛 물이 흐르던 홀로코스트의 현장이었다. 헝가리에 살던 육십만의 유태인들이 신발을 벗고 총에 맞아 강으로 떨어져서 죽었다. 그 참혹한 역사를 기억하기 위한 「다뉴브 강가의 신발들」이 비를 맞고 있었다. 육십만을 생각하기 위한 신발 육십 켤레에는 아이들의 신발부터 하이힐, 남성들의 작업화도 있다. 영화 감독 캔 토게이의 제안으로 헝가리 출신 조각가 귈라 파우가 만든 작품이다.

누군가가 이름 모르는 꽃 한 송이를 구두 위에 꽂아놓았다. 고통과 두려움, 슬픔이 빚어낸 꽃. 실제 꽃이 꽂혀 있던 노동자의 작업화는 자연스레 고흐의 「신발」를 떠오르게 했다. 수많은 사람이 고흐의 「신발」에서 자기만의 꽃을 발견하듯이 다뉴브 강가 「다뉴브 강가의 신발들」에서 피어난 꽃을 나만의 꽃-기억을 향한 마음과 기억한다는 마음이 빚어낸 기억의 꽃-으로 이름 지었다.

하이데거는 고흐의 「신발」에서 대지의 습기와 풍요로움을 보았고, 해가 떨어질 무렵 밭길을 걸어가는 외로움을 느꼈다. 대지의 소리 없는 외침과 그 진동 소리까지 들어냈다. 그는 사물을 존재하게 하는 것이 삶의 흔적이며 그 존재를 드러내는 것이 예술이라고 여겼다. 하이데거에게 고흐의 「신발」은 사물의 존재를 확연히 보여주는 실례가 되었을 것이다.

미술사가들은 고흐의 신발이 농부의 신발이 아닌 도시 노동자의 것이라고 했고, 어느 학자는 바로 고흐 자신이 신었던 신발이었을 거라는 편지를 하이데거에게 보내기도 했다.

신발를 벗는 일은 하루를 벗어나는 자유의 선언 같은 것. 힘든 일과를 마쳤다는 표식일 것이다. 이제 나 아닌 나에서 나로 돌아가야지, 방향을 전환하는 시간일 수도 있다.

한쪽 신발은 꽤 풀려 있으나 다른 한쪽은 그나마도 풀기 귀찮은 듯 덜 풀려 있고, 그래서 잘 벗어지지 않는 신발의 뒤쪽을 꺾어서 벗었을 것이다.

그렇다고 그의 고단한 삶이 그대로 사라졌을까? 내일이면 다시 또 입어야 될 옷 아닌가? 그래서 그의 삶은 주인의 뜻대로 주인을 혼자 두기 위하여 말 잘 듣는 사랑스러운 개처럼 신발 위에 고요히 웅크리고 자리를 잡았을 것이다.

농부의 신발일 거라는 내 느낌은 저 신발이 놓인 장소 때문이다. 고흐 특유의 붓질로 나뉜 벽과 바닥의 공간은 나무로 지어진 창고일 것 같다. 보이지는 않지만 이런저런 농기구가 여기저기 놓여있고, 버리지 못한 낡은 살림살이도 한 귀퉁이 자리하고 있을 것이다.

하루의 땀이 가득 밴 신발을 주인은 헤진 나무판 사이로 마지막 남은 해가 길게 새어 들어오는 저 자리에 놓았을 것이다. 햇살에 활짝 마르고 바싹 건조해지라고, 축축한 내 삶도 좀 바뀌었으면 좋겠다는 염원을 담았을지도.

고단한 삶에 벗처럼 스며든 낡음, 색조차 바랜 낡은 신발끈을 표현할 때 고흐의 마음은 어떠했을까? 대성당보다 인간의 영혼이 더욱 흥미롭다고 말했던 그는 아마 신발끈을 그리면서도 사람의 영혼을 생각했을 것 같다.

어쩌면 저 신발은 농부도 노동자도 아닌 광부의 신발일 수도 있다. 고흐는 광산촌 선교사로 일할 때 그들과 같은 삶을 살아야겠다고 결심하고 광부들처럼 소박한 삶을 이어갔다. 그러나 그 삶이 선교사의 품위를 헤친다는 이유로 면직되었다. 그럼에도 복음을 전할 수 없다면 그들을 그려야겠다고, 먼지로 가득한 광부들을 그리고 싶어 했으니 광부의 구두일 수도 있지 않겠는가?

고흐의 나이 서른일곱. 그의 마지막 잠자리는 오베르에 있던 다락방이었다. 그는 그곳에서 세상을 떠날 때까지 거의 날마다 새로운 작품을 그렸다. 고흐는 가난하고 외롭고 고독했다. 단 한 사람 그의 영혼의 친구이자 동반자이던 동생 테오와의 관계조차 이 시기에는 소원했다. 그의 작품이 단순한 풍경이나 사물의 재현을 떠나 누구도 그리지 못한 감정의 초상화에 이른 것은 어쩌면 당연한 결과일지도 모른다.

그런데도 저 낡은 신발이 자리하고 있는 환함은 신발 위에 웅크리고 있는 신산한 삶에 위로를 주고 새로운 힘을 부여해주고 있다. 사이프러스 나무에서 이집트의 오벨리스크처럼 아름다운 선과 균형을 찾아내고 그 푸름에서 표현되기 어려운 깊이를 느꼈던 고흐.

어떤 사람의 시선도 끌지 못할 낡은 신발을 그리는 고흐의 마음을 생각해보면 그가 성탄절마다 찰스 디킨슨의 《크리스마스 캐럴》을 읽었다는 사실이 저절로 떠오른다.

스크루지의 시간을 따라가며 정말 중요한 것은 겉이 아니라 내면이며 돈이 아니라 사랑이란 것을, 거대한 것이 아니라 소소한 것이라는 것을, 그래서 고흐는 저렇게 낡고 보잘 것 없는 「신발」 속에 깃든 다양한 삶의 결을 직시할 수 있었을 것이다.

어쩌면 다시 다뉴브강 앞에 서면 생명의 젖줄이면서도 먼 나라에서 여행 온 사람들을 거침없이 안고 흘러가버리는 무심한 강물을 두려워할 수도 있을 것이다.

그리고 다시 「다뉴브 강가의 신발들」을 만난다면 더 깊은 슬픔에 목이 메지 않을까? 그때쯤이면 고흐의 「신발」은 나에게 어떤 삶의 층위를 깨닫게 할 것인가?

알브레히트 뒤러, 「멜랑콜리아 I」, 1514

턱에 손을 괴다

아주 사소한 행위나 작은 생각들이 기억 속에 깊이 새겨진 경우가 있어요. 중학교 3학년 새 학기, 아직 이른 봄이어서 교실 안은 서늘했지만 운동장에는 눈부신 봄 햇살이 가득했지요. 창밖을 무연히 바라다보다가 그 순간, 이제 내가 어른이 되었구나 생각을 했습니다. 책상에 팔꿈치를 세우고 턱에 손을 괴고 있었어요.

다음 해 고등학교 일 학년이 되어서도 비슷한 풍경이 기억 속에 있습니다. 생각은 아주 달랐지요. 그때 중학생들을 보면서 '아이구, 저 어린애들…'. 물론 턱에 손을 괴고 있었구요.

멜랑콜리아는 사람의 감정 중에서 중요한 위치를 차지하고 있습니다. 현대에서는 멜랑콜리아를 단순히 우울증 정도로 가볍게 여기지만 어쩌면 멜랑콜리아는 예술을 있게 하는, 사람을 사람답게 살게 하는, 동식물과 다르게 존재하게 하는 사람의 가장 근원적인 요인이기도 합니다.

　고대 히포크라테스의 저서에서도 멜랑콜리아는 광기, 우울, 검음으로 결합된 정신의 깊은 상태로 표현되어 있고 아리스토텔레스는 광기와 우울을 지닌 멜랑콜리커를 비범한 사람이라 칭하기도 했었지요.

　중세의 도상학은 추상적인 개념을 의인화시켜 표현했는데 팔을 괴고 있는 사투르누스가 나타납니다. 팔을 괸 자세는 깊은 사색을 뜻하는 자세로 사투르누스의 속성이 멜랑콜리아죠. 사투르누스는 시간의 신 크로노스입니다. 그러니 사투르누스, 멜랑콜리커는 시간의 의미를 헤아리는, 속절없는 시간 속에서 시간과 삶을 생각하는 거죠.

　알브레히트 뒤러의 동판화 「멜랑콜리아 I」입니다. 턱에 손을 괸 모습으로 보아서 사투르누스일 수도 있고 멜랑콜리아를 의인화했을 수도 있어요. 기괴한 표정과 꼬리를 지닌 박쥐가 멜랑콜리아라는 현수막(?)을 들고 날아오르고 있어요. 저 눈부신 항성은 달일까요? 환한 달빛이 바다에 가득합니다. 어쩌면 또 다른 행성일 수도 있지요. 빛을 싸고 있는 무지개는 강하고 세차게 다른 세상과의 구별을 전개합니다. 한편 그늘 쪽에 턱에 손을 괸 자세로 먼 데를 바라보고 있는 한 사람. 손에는 컴퍼스를 들고 있고 주변에는 공과 긴 자와 대패, 톱, 마치 등 측정하거나 건축하는 데 쓰이는 물건들입니다. 권력욕을 나타내는 자물쇠와 탐욕을 보여주는 돈주머니를 차고 있는데도 이 사람은 그런 것들에 그다지 관심이 없는 듯합니다. 그저 골똘히 먼 하늘을 바라보며 생각에 잠겨 있습니다.

그의 머리 위 저울은 그에게 묻겠지요? 네 삶은 공정한가? 모래시계도 묻는 듯합니다. 쏜살처럼 흘러가는 시간 속에서 잘살고 있는 거니?

종은 수도승의 고독을 빙증하고 있을까요? 마방진은 숫자가 반복되어 사용되지 않으면서 가로와 세로, 대각선의 합이 동일한 배열을 말하는데 「멜랑콜리아 I」에 그려진 마방진은 당시 처음으로 발표된 4×4 마방진이라고 합니다.

아기 천사는 놀다 지쳐서 조는 것 같지요? 왼쪽 중간쯤의 다면체는 생각하는 사람을 바라보며 생각하고 있는 듯한 느낌을 주기도 합니다.

발치 아래의 개는 뼈가 등으로 솟아나 보입니다. 원래는 충직함을 의미하지만 저 지친 모습은 이 작품이 지닌 우울과 비애를 더해주는 듯합니다.

예술 전반에 걸쳐 수많은 영향을 끼친 알브레히트 뒤러는 "절대적인 아름다움에 대해서 나는 알 수 없다. 오직 신을 제외하고 그 누구도 그것을 알지 못한다."라고 고백했어요. 뒤러는 루터의 종교 개혁을 지지하며 종교적인 신실함을 가진 크리스천이었습니다. 그는 신비하고 아름답고 보이는 세상의 존재들에 대해 또 다른 의미를 찾는 사람이었어요. 지금도 「멜랑콜리아 I」은 많은 사람에게 숱한 상상을 제공해주는 작품입니다.

여전히 수학계에서는 이 다면체에 대한 연구를 하고 있다더군요. 턱을 괸 자를 여성으로 보는 사람도 있고, 날개에 대한 해석도 분분합니다. 고뇌하는 예술가의 초상으로 보아도 무방할 듯합니다. 그러고 보면 날개 달린 저 사람, 뒤러 자신일 수도 있겠네요.

"왜 문학은 깊은 우울 속에서만 솟아나는 것인가?"라는 어느 시인의 탄식도 생각납니다. 문학이 삶으로 들어서는 것이라면 우울은 그 어떤 밝음보다 삶의 근원에 존재하기 때문이겠지요. 생각하는 이에게 삶은 장조보다는 단조일 거예요.

그대는 멜랑콜리커이십니까? 그렇다면 그대는 천재의 길에 들어서신 겁니다.

경계에 선 요셉

유명한 꿈 중에 장주의 호접몽이 있습니다.

"꿈에 나비가 되어 날아다니다가 깨보니 장주였다. 장주가 꿈에 나비가 되었던 것인지, 나비가 꿈에 장주가 되었던 것인지 알 수 없었다."

짧은 꿈에 대한 이야기지만 기실은 매우 철학적이죠. 자연에 대한 무한 경외를 바탕으로 네가 지금 살고 있는 삶을 다시 바라보라는 은유 가득한 이야기.

저도 가끔 꿈이 기억날 때 그 의미를 곰곰이 생각해보곤 해요. 대개는 허무맹랑하여 개꿈이군 하고 휙 버려버리지만 돌아가신 분이 나타나거나 아주 생경한 경험을 했을 때 그 의미를 곰곰이 헤아려보는 거죠.

뇌를 공부하는 학자들은 뇌가 입력된 정보를 마음대로 조립하여 내보내는 과정이 꿈이라고 말하지만 여전히 예지 몽과 연관시켜 꿈을

가에타노 간돌피, 「요셉의 꿈」, 1790

바라보는 시선들이 있어요. 성경에는 꿈이 하나님의 뜻을 전하는 아주 중요한 루트로 사용되고 있습니다. 꿈쟁이 요셉의 꿈이 미래에 대한 예언이라면 마리아의 남편 요셉의 꿈은 절박한 상황 속에서 인도함을 받은 꿈이라고 할 수 있겠지요. 미묘한 차이가 있지만 성경 속 이름 요셉은 아무래도 꿈과 다정한 것 같아요.

이 그림의 제목은 「요셉의 꿈」입니다. 성경대로 번역해 보자면 「요셉의 현몽」이 될 거예요. 물론 마리아의 남편 요셉입니다.

마태복음에는 요셉이 예수님과 관련하여 꾼 꿈이 무려 네 번이나 기록되어 있죠. 첫 번째 꿈은 두려워 말아라, 성령으로 잉태했다는 알림과 위로였어요. 그리고 이집트로 가라, 다시 이스라엘로 돌아가라, 거기서도 요셉이 두려워하니 나사렛으로 가렴. 간돌피는 그 어느 때의 요셉을 그린 걸까요?

가에타노 간돌피(1734~1802)는 이탈리아의 화가, 도안사, 조각가, 에칭 화가이며 거의 모든 가족들이 예술가였다고 합니다. 17세에 볼로냐 지방의 아카데미아 클레멘티나Accademia Clementina에 입학하여 뛰어난 성적으로 실력을 인정받았어요. 저 수많은 옷의 주름들은 삶의 고달픈 결을 나타내 주는 것 같습니다. 진지한 고통은 삶의 아름다움을 나타내는 결이란 메시지로도 읽힙니다. 고뇌 속 요셉의 심중을 다층적으로 표현한 수작입니다. 깊은 잠을 자는 것 같지는 않습니다. 그보다는 오히려 고독 속에 침잠되어 있는 것처럼 보여요.

우울하고 쓸쓸해 보이기도 합니다. 세상 근심에 지쳐서 아무도 없는 곳을 찾아 나선 길일까요. 사람 없는 숲 속, 거기 어디쯤 혼자 앉아 있을 만한 바위를 발견하고 그곳에서 쉬고 있었을까요. 지팡이를 잡고는 있지만 손아귀는 느슨하게 풀려 있어요. 지팡이뿐만 아니라 세상일을 놓은 듯 보이는 손짓이네요. 하늘의 빛으로부터 얼굴을 살짝 숙이고 손으로 이마를 기댄 채 깊은 절망에 빠져 있는 것 같기도 합니다.

요셉은 구세주 탄생의 역사에서 아주 중요한 사람입니다. 어쩌면 가장 신실한 증인일 수도 있어요. 하나님을 사랑하지 않았다면, 성령을 의지하지 않았더라면, 그 시절에 마리아를 아내로 맞이할 수 없었을 거예요. 성경에는 요셉이 간략하게 기록되어 있지만 주의 가정을 이끌어 가는 요셉의 삶이 절대 쉽지는 않았을 겁니다. 천사가 나타날 때는 "오~ 아멘" 하고 순종하게 되지만 천사의 자태가 희미해지면 다시 묻게 되고 절망에 빠지는, 확신하면서도 때때로 속삭이는 회의와 의심이 왜 없었겠어요.

마리아도 천사와 대면하여 듣고 묻고 다시 대답을 들으면서 '주의 여종이오니 말씀대로 내게 이루어지이다' 했지만 천사가 떠난 후 바로 그녀가 찾아간 곳은 엘리사벳의 집이었지요. 주의 말씀이 사실인지 확인차 떠난 거지요. 우리들 역시 순종하고 난 뒤에도 여전히 확인하고 싶거든요. 평생 연약한 모습의 인생들. 요셉도 그런 약한 인간이었을 거예요. 그럼에도 인카네이션의 가장 근접한 위치에서 구세주를 지켜본 요셉. 그 깊고 심오한 상황의 경계선에 선 인물, 그런 요셉에게 날개 달린 천사가 아주 가까이 내려앉아 요셉의 팔에 손가락 네 개를 대고 지그시 터치합니다.

"이봐 요셉 왜 또 그래? 왜 그러는 거야? 저길 보라고 저길…"

천사가 손가락으로 가리키는 곳을 자세히 보아도 푸른 하늘 조금과 커다란 나무와 바위뿐입니다. 어쩌면 우리네 인생살이가 정말 그럴지도 모르지요. 예배하면서 위로받고 말씀 보면서 힘을 얻지만 그렇다고 이곳이 천국은 아니니 말이지요. 아무도 없는 깊은 숲 속인데, 아무도 없을 거라고 여겼던 곳인데, 고독한 요셉에게 찾아온 천사는 가야 할 길을 알려주는 것이 아니라 너와 같이하겠다는 사인처럼 느껴집니다.

이즈음 딱 초록이 고플 때입니다. 겨울은 조금쯤 지루해져 있고 삶의 통찰을 주던 나무들의 헐벗은 가지들도 이젠 익숙해져서 말이지요. 산책 나가는 길에 산당화가 무리 져 있어요. 그곳이 양지바른지 며칠 전 꽃망울 한 송이가 붉은 꽃잎을 살짝 내밀었어요. 나갈 때마다 그 꽃 한 송이를 눈여겨보곤 합니다. 거의 변화가 없긴 하지만 그래도 걱정이 되기도 하죠. 혹시 피었다가 추워지면 어떨까 싶어서 말이지요. 사계절이 뚜렷한 곳에서 사는 것도 얼마나 커다란 축복인가요. 봄이 지척입니다.

조지 프레데릭 왓스, 「희망」, 1886

하루에 한 번쯤은

하루에 한 번쯤은 하늘을 보라는 강은교의 시가 있어요. 이십 대에 읽었던 시인데 지금도 자주 그 구절을 생각하며 하늘을 보곤 하죠. 걷는 시간이 주로 밤이라 밤하늘을 많이 바라봐요. 밤하늘의 색이 얼마나 다양한지 어둠과 깜깜함이 전부일 거라고 생각한다면 오스트리아와 오스트레일리아를 같다고 생각하는 것과 비슷한 일일 거예요.

우선 밤하늘은 절대 까만색이 아니죠. 오히려 맑은 날 밤하늘은 짙은 블루와 더 흡사해요. 그 블루의 결도 천차만별이죠. 거기다가 구름이라도 몰려오고 몰려와 봐요. 밤의 구름은 낮의 구름과는 아주 판이하게 다르죠. 어두운 하늘을 배경으로 구름이 얼마나 신비로워지는지, 그 신비로움은 '복잡한 인생사 정도쯤이야~~' 하게 하는 미묘한 체념을 유발하기도 하죠. 체념은 승리의 다른 이름이라는 것도 깨달아지면서 말이죠. 그러다가 하늘에 별이 보이죠. 아주 맑은 날이면 열 개 정도, 중간 정도 되는 날이면 다섯 개, 그것도 눈을 하늘에 고정하고 아주 열심히 바라보아야 해요. 어쩌면 별을 봐야 한다는 일념으로 정성 들여 바라볼 때 살짝 나타나는 것 같기도 해요.

별 보는 사람은 별 볼 일 없다는 것을 별도 아는 것인가. 블루한 상상도 해보죠. 하늘을 삶이라는 공간으로 가정한다면 별은 희망으로 은유될 수도 있겠지요. 별이 안 보이는 날이 많은 이유를 알 듯도 합니다.

잘 보이지 않지만 조지 프레데릭 왓스의 작품 「희망」에도 별이 있습니다. "있을 거다!"라는 확신을 가지고 아주 열심히 찾으면 여인의 등 뒤쪽으로 리라와 약간 대각선 자리에 있어요. 하도 흐릿해서 딱 이즈음 별 같은 별이에요.

여인이 입은 옷은 살이 다 비치는 얇은 천인데 추워 보이네요. 작가는 저 옷으로 따뜻함이라고는 없는 신산스러운 세상을 표현하고 싶었던 걸까요? 그녀는 지구의처럼 보이는 둥근 구 위에 앉아 있는데 조금만 구가 흔들려도 어디론가 쓰러질 것처럼 위태로워 보여요. 거대한 지구라고 할지라도 일엽편주가 될 수 있다는 것을 보여주는 것 같기도 하죠.

저런, 그녀의 맨발을 좀 보세요. 희고 고운 살결을 지니고 있음에도 고단한 삶의 얼룩이 가득해요. 그래도 무너지지 않으려고 그 발로 오른쪽 종아리를 감고 있어요. 아무것도 보이지 않아요. 들려오는 것도 없어요. 그저 적막뿐이죠. 품에 안은 리라를 그녀는 마치 리라가 자신을 지탱해줄 거대한 기둥이라도 되듯이 껴안고 있어요. 그녀는 리라의 현들이 다 끊어졌다는 것을 알고 있을 거예요. 그래도 하나 남은 현이 있잖아요. 하나의 현으로 켜는 소리가 조화나 아름다움과는 거리가 멀지라도 그래도 소리잖아요. 음악이잖아요.

오른손으로 단 하나 남은 현을 연주하는 이 여인은 그 소리를 듣기 위해 귀뿐 아니라 온몸을 악기 속으로 넣어버리는 것처럼 보여요. 마치 성냥팔이 소녀가 그 작은 성냥 불길 속에서 아름다운 꿈을 꾸듯이 단 하나 남은 음악-단 하나의 희망-을 붙잡듯이 말이죠. 절망이 늪처럼 가득 에워싸고 끌어당긴다 할지라도 나 연주하리 희망이란 현을….

희망이라는 꽃을 우습게 보지 마세요. 희망은 시시한 희망 속에서 피어나지 않아요. 희망은 절절한 절망 가운데서만 솟아나는 꽃이에요. 실제 당대의 미술평론가들조차 작품 제목에 의문을 제기했다고 해요.

"단 하나의 코드로라도 연주할 수 있다면 그것은 희망"

왓스의 대답이에요.

왓스는 피아노 기술자의 아들로 태어났는데 어려서부터 그림에 놀라운 재능을 보였어요. 18세에 왕립 예술원(로열 아카데미)에 입학했고 1843년에는 웨스트민스터 사원 벽화 공모에서 1등을 했어요. 이탈리아 유학을 갔고 예술 애호가인 발레리 카메론 프린세스과 그 부인의 거처인 '작은 네덜란드의 집'에 21년간이나 머물렀다고 해요. 그는 자유로운 영혼의 소유자였고 작품에 전념하는 것만이 예술가의 진정한 태도라고 여겼죠. 세상의 명성 같은 것에 초연해서 빅토리아 여왕의 남작 작위 제의를 두 번이나 거절했어요. 로열 아카데미의 원장 자리도 거부한 채 작품에만 매진한 예술가죠.

보헤미안 기질이 다분했던 왓스는 권위나 고정관념을 우습게 여겼고 오히려 그것들을 타파하려는 의지 때문에 사회에 대해서 매우 비판적이었어요. 그러니 평가가 후할 수 없었죠. 자신만의 세계에 깊이 침잠하고 내적인 진실을 찾는 왓스에게 비평가들은 '영국 미술의 위대한 실패'라고 말했다니 말이죠.

「희망」은 그런 왓스의 태도를 응축한 작품이라고 할 수 있어요.

왓스는 의붓딸을 굉장히 사랑했는데 그 아이가 세상을 떠났어요. 가장 큰 절망은 결국 죽음에서 시작되겠지요. 바꿀 수 없는 별리잖아요. 그 상실감은 고통스러운 절망과 맞닿아 있었겠지요. 그런데도 여전히 살아가는 자신의 모습을 이 그림으로 표현했을 거예요. 어떤 상황 속에서도 생은 이어져 간다, 가야만 한다는 슬픔 어린 희망을 보여주는 작품이죠.

작품과는 상관없는 이야기지만 버락 오바마가 최초 흑인 대통령을 꿈꾸며 캠페인에 사용했고, 넬슨 만델라도 감방 벽에 걸어 놓고 수도 없이 보았다고 해요.

"슬픔이 웃음보다 나음은 얼굴에 근심하는 것이 마음에 유익하기 때문이니라"라는 전도서 말씀이 생각나요.

슬픔이나 근심이 마음에 유익하다는 것은 그 외로운 마음에 천국을 심을 수 있다는 뜻이겠죠.

새해니 「희망」을 가지고 전진해요, 우리.

카피는 예술이 아니다

명화를 친견한다는 것은 여행하는 일과 비슷한 일이죠. 프랑스에서 사흘 밤 머무르며 여기저기 다니다가 몽마르트 언덕도 스쳐 지나가기에 파리 사람이라도 되듯 은근슬쩍 그들처럼 그냥 초록 들판 위에 앉아 있었어요.

그 위 언덕에 어마어마한 성당이 있다고 다들 그것 보러 올라가는데요, 그 거대한 성당보다 내 주변의 몇 사람들 바라보는 것도 아주 흥미로웠죠. 목적이 아닌 해찰에서 얻어지는 것이 더 많은 경우가 의외로 많아요. 신선한 생기 같은 거라고나 할까, 어쩌면 해찰은 목적으로 향하게 하는 좋은 에너지가 될 수도 있어요. 몽마르트 언덕에서 내가 겨우 한 일은 약간의 시간 그렇게 무연히 앉아있는 게 다였는데 여행 후 몽마르트 언덕은 마치 내가 잘 아는 어느 곳으로 변화되었어요. 아는 데에 그치는 게 아니라 그리움이란 색채까지 덧입고 살짝살짝 나타나는 거예요.

모딜리아니, 「검은 타이를 한 여인」, 1917

그리움은 마치 잡초 같기도 해요. 아무 데서나 불쑥불쑥 솟아나서 두리번거려요. 심지도 거두지도 않았는데 저 혼자 막 자라나요. 여행이 베푸는 하해와 같은 은사라고나 할까?

여행이라 했지만 명화를 직접 보는 일은 그보다 더 진득한 체류일 수도 있어요. 그러니까 여행이 무수한 시선을 담는 일이어서 약간 흐릿하다면 작품을 보는 일은 어떤 상황의 정수를 내 안에 새기는 일일 수도 있다는 거죠.

한가람 미술관에서 모딜리아니 전시회를 했어요. 십 년은 채 안 된 것 같은데, 사랑이라는 담론을 가지고 우리 동네 아람누리에서도 잔느와 모딜리아니 전시회를 했어요. 그들의 사랑이 테마가 되는 전시회였죠.

잘생긴 이탈리아의 청년 화가가 약관의 나이 22세에 프랑스로 가게 되죠. 그리고 세잔의 회고전을 보는 거예요. '자연은 구형, 원통형, 원추형'이라는 세잔의 이야기는 사실 단순 절제 자체이죠. 어찌 보면 아주 원시적인, 모든 너스레를 떼어낸 아주 근원에 대한 이야기요.

그는 세잔에게서 생략이라는, 혹은 모든 예술의 시작은 간결함이라는 주제를 배웠을지도 몰라요. 모딜리아니의 그림은 사실 단순하죠. 그러니 나도 그의 그림을 이야기할 때 단순하게 이야기해보려고 해요. 빛났어요. 보석처럼…. 그리고 아주 예뻤어요. 가느다란 얼굴, 기다란

코, 그리고 한없이 긴 목, 주욱 째진 눈, 어쩌다가 어깨는 비정상적일 정도로 솟아나 있구요. 초상화들, 특히 여자를 그린 그림들은 웃지 않아요. 파안대소는커녕 미소도 별로 없어요. 모디의 여인들은 입을 다물고 단정하게 의자에 앉아있죠. 손은 단정하게 모으고요. 그런데 자세히 보면 미소만 없는 게 아니라 굉장히 무표정해요. 모디가 그린 그림 속 여인들은 무엇을 저 눈으로 바라보는 걸까요?

인생은 樂의 양보다 苦의 질이 더 깊어요. 그 흔적이 오래가고요. 고苦의 폭이 높고 넓고 깊어서 낙樂을 잘 잡아먹어요. 사람의 미소는 싱그럽고 아름답죠. 다른 사람의 마음조차 환하게 하지만 사람이 쓰는 가장 세련된 가면일지도 몰라요. 자기 자신조차 속일 수 있는.

모딜리아니의 여인들은 무표정해요. 아니 무표정을 넘어서 있어요. 그저 눈… 푸른색으로 주욱 찢어진 아몬드 눈은 아무것도 보질 않는 것 같아요. 우리도 그렇지 않던가요? 무엇인가를 깊이 생각할 때 눈에 아무것도 보이지 않는 거요. 무엇인가를 깊이 응시하는 그녀들은 생각에 잠겨 있는 거예요. 모딜리아니는 알았던 거죠, 초상은 사람의 외면을 그리는 것이 아니라는 것을. 그래서 생각을 가득 담은 눈을, 입보다 먼저 말하는 눈을 그리지 않았을 거예요. 텅 빈 눈이 오히려 더 많은 '응시'를 하는 거죠. 그림을 보는 사람의 생각을, 혹은 모델 그녀의 생각을 텅 빈 눈에 담는 거지요. "내가 당신의 영혼을 알게 되면 당신의 눈동자를 그리게 될 것"이라고 말했다지요.

하지만 눈동자를 그리기도 했어요. 오히려 투명한 눈동자가 외로워 보였지만. 타인의 외로움을 바라볼 때면 자신의 외로움이 정화되기도 하더군요. 더군다나 거기에 아름다움이 가세하면 순도는 아주 높아지죠.

두 번째 섹션에서 여인상 기둥을 몇 작품 보았어요. 몸으로 기둥이 되어있는 여인들, 그 따뜻한 곡선이라니 그리 부드러워서 어떤 힘든 일도 이겨나갈 수 있다는 것을 문득 깨닫기도 했어요. 지나고 보면 아팠던 기억들이 아름다운 시간이었네 할 때가 있듯이 말이죠.

겨우 38세. 빛나는 젊음의 시절, 그 잘생긴 사람이 병으로 세상을 떠나죠. 22살의 잔느는 아이까지 지닌 채로 그를 따라가서 세상을 등졌는데, 한가람 미술관에는 다른 데서는 볼 수 없던 이야기가 있더군요. 친정집에서 모디의 장례식을 안 치러 주어서 그랬다는. 사랑 때문에 연이은 죽음보다는 어쩔 수 없는 절망이 엿보였어요.

카피는 예술이 아니란 것.

그리하여 그만의 독특한 왜곡은 아름답습니다.

PART 4

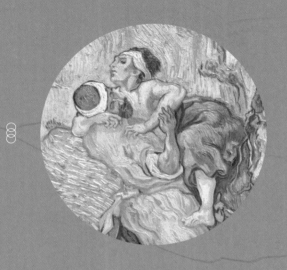

아름다움은 만병통치약입니다.

– 훈데르트바서

오딜롱 르동, 「감은 눈」, 1890

마음속 깊은 곳을 터치하는

오딜롱 르동의 그림 「감은 눈」을 국립박물관 오르세 미술관전에서 만났다. 세잔도 있었고, 모네, 고흐, 고갱… 인터넷이나 책에서만 만난 이들을 알현하는 기쁨이라니, 눈이 최대의 사치를 구가한 날이었다.

조르주 쇠라가 그린 그림 속 「가난한 어부」를 그린 화가 피에르 퓌비 드 샤반의 「오르페우스」도 사정없이 마음을 잡아당겼다. 에두아르 뷔야르의 「잠」도 매력 만점이었고, 모리스 드니의 사랑스러운 조화로움은 즐거웠고 행복하기까지 했다. 케르 자비에르 루셀의 「인생의 계절」 앞에서는 새삼 내 나이를 되짚어 보았고 특별히 르동의 그림, 그중 「감은 눈」은 한 번 돌고 다시 한 번 더 돌면서 가장 길게 마주했던 작품이었다.

르동의 「감은 눈」은 그림이라기보다는 거기 벽면에 누군가가 실제로 그렇게 눈을 감고 나를 바라보는 느낌이었다. 눈을 감고 있으니 그를 바라보는 것은 나인데 이상하게 눈을 감은 그가 눈을 뜬 나를 그

243

가 보는 것 같은 느낌.

세잔의 그림을 보며 '부피감과 공간감이 상호 침투하는 양식'을 발견하기란 쉽지 않다. 신인상주의의 점묘법 역시 순색이나 보색을 병치시켜 오히려 사람의 눈에서 그것들이 혼합되어 색조가 풍부해지는 것, 이 방법이 과학적 색채 이론을 근거로 한 기법이란 것도 우리는 그림보다 글에서 알게 된다. 분할 기법도 읽고 나서야 '아 그렇군.' 하게 되는데, 그림을 보는 이런 자세가 그림에 대한 예의에서 벗어난 일이 아닌가 가끔 생각해볼 때가 있다. 무엇이든 논리적으로 설명되지 않으면 신뢰하지 못하는, 논리가 지성이 되는 시대를 살아가고 있긴 하지만, 모든 아름다움이 설명되어야만 논리적일 필요는 더더욱 없는 일 아닌가?

사실 그림은 결국 어떤 존재를 관자들에게 먼저 보여주는 것이다. 생각과 느낌은 그다음의 것이다. 르동의 감은 눈 속의 여자는 지금도 내겐 남자 같은 모호한 존재로(모델은 여자) 내 마음속 깊은 곳을 터치하는 영성을 지니고 있었다.

미켈란젤로의 「죽어가는 노예」를 보고 난 후 "노예의 감은 눈 속에는 고도의 지적인 움직임이 있다. 그의 이마 위로 스쳐 가는 근심 가득한 꿈이 감동적이고도 강력한 꿈의 세계로 우리의 꿈을 인도한다." 고 했던 르동은, 결국 꿈과 현실은 바라보는 자와 느끼는 자의 것이라는 생각을 하지 않았을까? 사유는 모든 존재의 근간일 수 있다는 설명도 가능할 것이다.

　수평선 위에 어깨를 드러낸 사람. 어깨 아래의 몸은 저기 저 바닷속에 감추어져 있다. 가없는 지평선일 수도 있다. 눈을 감은 사람은 금방 하늘로 솟아날 듯도 하고 그대로 스르륵 가라앉을 것 같기도 하다. 등장과 소멸의 어느 한 접점이라고나 할까. 푸른빛이 도는 연보랏빛은 신비롭고 자연스럽다. 이제 움트기 시작하는 새벽빛 같기도 하고 저물어가는 어느 즈음일 것 같기도 하다. 밤도 아니고 낮도 아닌 몽환적인 어둠이 살짝 배어있는 시간이다. 푸른 하늘을 배경으로 꿈을 꾸고 있는 것 같기도 하다. 신비로운 시간 속에 있는 사람.

　르동의 「감은 눈」은 선하게 뜬 어떤 눈보다 더욱 선하다. 보이지 않는 배려와 함께 어떤 것도 허용하겠다는 너그러운 눈이다. 나는 너를 자세히 보고 싶지 않아. 너희들을 보이는 대로 구분하지 않아. 단지 너희들 마음을 느끼겠다. 그저 너의 중심을. 탕자의 아버지도 아들을 품에 안으면서 눈을 감지 않았던가?

　르동은 "있음 직하지 않은 것을 살아 있게 만드는 것이 자신의 창조력"이라고 말했다. 르동의 초기 작품은 거의 석판화, 에칭, 목판화다. 사람 얼굴을 한 곤충이나 꽃, 떠 있는 눈, 잘린 사람 얼굴, 꿈이나 상상 속에서나 가능한 형상을 그리곤 해서 그의 작품들은 '공상적 주관성'이라 칭해졌다. 그러나 인생 후반기에 가서 그는 채색을 사용해서 기괴한 형상의 그림보다는 꽃을 많이 그리기 시작한다.

초현실주의의 시작을 르동으로 보는 이유는 "나의 독자성은 가능하다면 보이지 않은 것을 보이는 법칙에 적용시켜 있을 수 없는 존재를 인간과 같이 살아있게 만드는 것이다."라는 그의 주장 때문이다.

눈이나 마음이 피곤할 때면 사 모은 도록을 펴보곤 하는데(많은 책은 다 정리하더라도 그림책만큼은 죽을 때까지 지니고 있을 생각이다.) 좋아하는 그림들을 가만히 바라보노라면 성경 속 전도서를 읽는 기분이다. 세상일이 하잘 것 없어지고 걱정되는 일들조차 약화되는….

찔레꽃이 그 순후한 향기와 함께 피어나며 이젠 여름이네 말할 때처럼 마음이 순화되곤 한다.

숭고의 마조히즘

– MOA에서

　현대 미술은 아니 이전보다 조금 더 이후의 모든 미술은 이전에 행해진 모든 미술과의 다름(=새로움)을 지향한다. 아름다움이나 가치, 혹은 의미 같은 것은 다름의 하위 요소이다. 모든 예술은 클리셰를 가장 경멸한다. 클리셰(?) 하지 않기 위하여 예술은 그 어떤 것이라도 다하고야 만다. 새로움을, 이전과 다른 변혁을 위해서는 하다못해 파괴도 서슴지 않는다. 파괴는 건설의 새로운 이름일지도 모른다. 해체가 또다른 세계를 동력하듯이 전쟁이 기막힌 문학을 잉태하듯이.

　소통하지 않으면 안 되는 시대에서 소통하기 위하여 나와 you들이 공존해야만 하는 시대, 모두가 다 동가인 시대. 그런데 그 내면은 모든 사람이 갑이 되려 하는 시대다. 아니 되어가는 시대일지도 모른다. 미술이라고 그러지 말란 법 없다. 이전 시대가 작가 지상주의였다면 지금의 작가는 거대한 미술 시장의 한 부분일 뿐이다. 미술관과 관객, 평론가뿐 아니라 이제는 큐레이터도 선명한 자신의 목소리를 내는 시대가 되었다.

특이한 현대 작가들의 작품을 모아놓고 그들 간의 동질성과 새로운 이념을 창출해내는 몫은 큐레이터의 몫이다. 가령 〈숭고의 마조히즘〉을 전시하고 있는 서울대 미술관 MoA는 숭고에 대해 색다른 해석을 가한다. 즉 자연을 보며 숭고함을 느끼듯이 현대 작품을 보면서 느끼는 미적 체험을 숭고라고 재해석했다. 그리고 이 미적 느낌이 쾌와 불쾌를 지니고 있는 데에 착안, 이러한 이중적인 심리가 고통과 쾌락이라는 상반된 감정이 공존하는 마조히즘의 개념과 연결시켰다.

전혀 다른 이질적인 개념들이 조합해내는 커다란 공간의 우아함을 모르는 바 아니지만 평이한 시선을 지닌 사람의 경우 저 깊은 우물 속 같은 철학적인 연계 부분이 선명치 않아 보였다. 뭔가 그럴듯해 보여서 그 자리에 어스름한 베일을 드리웠는지도….

MoA의 전시회는 작품이 지닌 힘을 견자에게 나누는 아주 가벼운 양태의 표현으로 현대 미술이 지향하는 '권력 이양'쯤으로 타이틀을 붙여보겠다.

손몽주는 미술관 벽을 이용해 수많은 고무줄을 설치했다. 무슨 고무줄이냐면 검정 고무줄보다 조금 더 세련된, 얼마 전까지도 팬티 고무줄에 사용하던 하얀 천으로 싸인 고무줄이다. 그곳을 지나야만 다른 곳으로 이동하게 되어 있어 관객은 그곳을 필히 지나며 냄새와 수많은 고무줄의 일렁임과 그늘, 햇살, 빛의 산란 등을 살짝 손으로 만져

보기도 하며, 즉 온전한 '나만의 작품'을 느끼면서 지나가야 한다. 작품은 작가의 손을 떠나 관객에서 완성된다. 그러나 그 완성은 내게서 끝나는 게 아니고 무한의 관람객으로 인하여 무한으로 확장된다.

정재연은 스틸파이프 밧줄 공으로 만든 작품에 이름을 부여하지 않고 관객들에게 이름을 지어 벽에 적으라고 한다. 당연히 그 작품과 연계된 하얀 벽은 그 작품의 일부가 되며 관객들 역시 자연스레 그 작품의 일부분이 된 것이다.

〈숭고의 마조히즘〉이라는 전시와 연계해 강연이 있는 연극을 보았다. 미술관에서 하는 이오네스코의 연극 〈수업〉이다. 길지도 않고 세 사람만이 출연했다. 무대의 장식도 단순했고 조명 역시 특별하지 않았다. 그러나 단순한 무대치고는 굉장히 집중하게 했다. 연극 후 미학과 교수의 강연이 이어지고 가끔 소리 내어 웃게 되었는데, 전혀 웃지도 않고 혹은 웃기려는 이야기도 아닌 진지한 이야기에 웃게 되는 아주 신기한 경험을 했다. 강연은 연극 〈수업〉을 선명하게 이해하게 해주었다.

이오네스코는 말했다고 한다.

"나는 설명하거나 주장하지 않는다. 다만 제시할 뿐이다."

그의 연극은 언어의 허구적 지식과 관계의 해체 속에서 드러나는 리얼리티야말로 인간 조건의 궁극적인 리얼리티라는 것, 오히려 수많은 언어 속에서 더욱더 혼란해져 가는 관계, 그리고 파괴 광기. 이오네스코는 연극, 재현되는 연극이 리얼리티가 아니면서도 리얼리티인 척하는 연극이라고 생각했다. 그래서 그는 새로운 연극을 만들었다. 기존의 연극을 반대하는 반연극을. 수업도 그중의 하나였다.

"기존 전시와는 달리 시선의 권력, 관람객의 몸이라던가 동선을 조금은 불편하게 통제함으로써 예술 안에서 권력이라는 것이 어떻게 작동하고 있었는지를 흥미롭게 풀어내고 있습니다."

－주민선 학예 연구사

"이번 작품은 많은 영화의 하늘과 바다, 수평선 장면을 모아 관객들이 기존의 영화를 보던 방식에서 벗어나서 밑도 끝도 없이 펼쳐지는 수평선을 느껴보게 하고 싶었습니다."

－오용석 작가

구도자의 언어

두 시간여 미술관에는 아무도 없다. 약간의 미로 같은 공간을 부유하는 듯 천천히 다닌다. 미술관의 존재 여부를 생각해 본다. 너무 사람이 없으니까 하이힐 굽이 마룻바닥과 부딪히는 소리를 연상케 하는 모데스트 무소르그스키의 '전람회의 그림'을 생각하며 걷는다. 물론 미술관에 갈 때는 언제나 가장 편하고 부드러운 신발을 신는다. 무소르그스키는 미술관 전람회에서 그림 사이를 걸어 다니는 사람들을 음악으로 표현했다. '전람회의 그림'은 화가 친구의 죽음으로 탄생한 곡이다. 모든 죽음의 자리에서는 기억이라는 새로운 움이 자라난다.

블로그를 하며 알게 된 참나무 님 생각도 났다. 그이는 거의 날마다 미술관 순례를 하며 글을 쓰는 무명의 문화 기자였다. 모두 직접 발로 걸어서 보고 쓰는 것들이었는데 어떤 신문사 문화부 기자보다 더 다양하고 깊었다. 음악이나 미술뿐 아니라 눈에 띄는 모든 아름다운 것들에 섬세하게 반응하신 분이었다. 문화 순례자라고나 할까? 나보다

'김종영 미술관'

십 년 연상이던 그이를 보며 나도 은퇴를 하면 저렇게 자유로운 순례를 하리 다짐하곤 했는데 어느 겨울밤 차가 미끄러졌고 그 자리에서 세상을 떠나셨다. 기약 없는 인생이라는 클리셰한 문구가 죽음을 배경으로 하면 더없이 조촐해진다.

김종영 미술관은 중정이 두 곳이 있어선지 꽤 크게 여겨진다. 커다란 창문으로 비치는 자그마한 정원, 마침 그곳에 벤치가 있어서 한참을 앉아 있었다. 자작나무가 심겨있는 미술관을 여럿 본 것 같다. 대나무는 가느다란 몸피치고는 상당량의 숲 기운을 지니고 있어서 디자인하는 사람들이 즐겨 쓴다고 하는데 자작나무는 왜? 하긴 저 하얀 피부는 어느 나무에나 있는 것은 아니다. 흔하지 않으므로 고급스러움을 지니고 있다. 고요한 정신이 고급스럽다는 논리가 성립된다.

봄을 담은 겨울 햇살이 찬연하다. 빛은 멈춰있는 나뭇가지들에 속삭여서 반짝이는 움직임을 이끌어 낸다. 자작나무 가지가 조금씩 움직이는 모습은 정말 빛의 산란처럼 여겨지며 빛의 움직임을 눈으로 확인하게 한다.

고요하고 적막한 미술관, 그 안으로 들어차는 눈부신 햇살, 아주 작은 시간일지라도 충일해서 단단한 시간의 켜가 내 안에 쌓이는 것 같다. 사건에 대한 기억이 아니라 이런 무위의 시간이 더 깊게 속으로 들어차서 사람을 넉넉하게 만들지 않을까? 이런 고독이 깊어지면 혹시 초연으로 향하는 길도 만나게 되지 않을까?

다시 전시관으로 들어선다. 아담한 공간에 딱 맞춤한, 크지도 작지도 않은 조각품들이 자리하고 있다. 김 선생은 모든 조각을 전부 자신의 손길로 했다고 한다. 그래서 커다란 작품을 할 수 없었다고. 요즈음 사람들이야 유명 작가라면 큰 작품을 할 때 아이디어와 코치만 하는 시대인데, 미술관 전부를 대상으로까지 하는 이즈음의 거대 작품들이 주는 경외감이나 놀라움은 없어도 조각들은 오롯이 작가의 내면을 지니고 있다. 오직 그만의 것. 한없이 바라보며 한없이 만지다가 나무와 돌 속에 있는 저들만의 생명과 작가의 생명이 부딪혔을 것이다. 그리고 거기에서 작가는 멈추었을 것이다. 기교가 아닌 순수의 어떤 점, 시간, 공간, 어느 한순간이 영원을 만나는 것. 우리의 영혼도 죽은 육체를 떠나 어느 무엇과 만나게 될 것이다.

작품을 천천히 보다 보니 문득 내 머리가, 생각이, 마음이, 완전히 편안하게 쉬고 있다는 생각이 든다. 이게 무엇이지? 무슨 뜻이지? 어떤 의미로 이런 작품을 했을까 하는 생각을 전혀 하지 않고 마치 저들 조각이 나를 바라보듯 나도 고요히 그들을 바라보았다. 옆으로 스미듯 서보기도 한다. 뒤에도 살짝 들여다본다. 정이 오가는 시간이라고나 해야 할지, 아주 익숙한 꽃을 보듯 편안했고 조화롭고 부드러웠고, 종래는 아름다웠다. 나조차도 그리되는 것 같다. 아름다운 시간이 조각 속에서 아주 느리게 흘러가고 있다. 어거지 미술론, 혹은 어떤 사유조차 무화되는 느낌, 철학도 사라지고 없다. 마치 나 역시 미술관의 물질이 된 느낌.

⋮

사실 세상의 거의 모든 작품은 거만하다. 자세히 보아주길 원하고 그런 깊은 눈길에서야 아주 살짝 우아한 자태로 조그마한 문을 열어준다. 마치 그래야 격이 있다는 듯이.

　김종영의 작품은 문이 없다. 아무나 들어서게 한다. 그는 자신의 조각을 스스로 불각이라고 했다. 깎되 깎지 않는 조각이라는 문장은 깊은 서정과 사유의 확장을 하게 한다. 그리고 실제로 그의 돌은 극히 단순한 선을 가지고 있어서 -그리 단순한데 어떻게 이다지도 마음에 스미는가 - 불각이 무엇인가를 느끼게 했다. 소박한 단순함과 정겨운 편안함 속에 어린 깊음이라니, 요란함도 아트도 재능도 어쩌면 사람의 시선조차 의식하지 않는 그저 담박한 존재.

　그의 손에서 탄생된 작은 돌은 신기하게 세상 것을 잊게 하는 재주를 지니고 있다. 아름다운 자연을 대하면 뭘 더 바라랴. 생각이 저절로 들어오는데, 나는 그 작은 돌들이 마치 자연이라도 되듯이, 달빛이라도 되듯이, 아름다운 꽃들이라도 되듯이, 계절이 지나가는 하늘이라도 되듯이, 정월 휘영한 대보름달이라도 되듯이 뭘 더 바라랴… 를 읊조렸다.

　별관은 사미루[四美樓]다. 생각하면서 보아야만 하는 현대 작품을 슬쩍 건너서 사미루 카페로 들어갔다. 김종영 생가의 별채 이름이 사미루였는데 그곳에 봉숭아꽃과 살구꽃이 한가득 피어나곤 했다고 한다. 그래서 이원수가 작곡한 '고향의 봄' 배경이 바로 김종영 고택.

커피를 마시면서 두꺼운 도록을 천천히 넘기며 보았다. 도록에 실린 그의 자서에서 눈에 딱 들어오던 말.

"극적이고 감정적인 조형 요소는 보편적인 아름다움이 아니다. 기술은 단순하고 소박할수록 좋고 내용과 정신은 풍부할수록 좋은 것이다."

그의 손에서 조각된, 그러나 불각인 그의 조각을 선명하게 나타내고 있는 말이 아닌가?

진정한 관중은 자신이다.

이 말은 정직한 구도자의 언어다.

사람이 아름다운 작품

비엔나에 비엔나커피는 없어요. 짜장면이 중국에 없는 것과 비슷한 일이에요. 대신 아인슈패너 커피가 있죠. 원래 마부들이 먹는 커피였다고 해요. 말을 붙잡고 있어야 하니 한 손으로 들어야 하고 흐르지 않게 휘핑크림을 얹은 거지요. 에스프레소와 비슷한 모카에 물과 설탕을 넣고 그 위에 휘핑크림. 젓지 않아야 세 가지 맛을 볼 수 있겠죠.

비엔나는 정말 정말 예술의 도시였어요. 미술관마다 혹은 궁전마다 그곳을 가득 채우던 수많은 작품은 봐도 봐도 끝이 없었지요.

빈에서의 마지막 날 쿤스트 하우스에 갔어요. 훈데르트바서의 개인 박물관이고 또·디자인이 특출한 사람 정도만 입력이 되어 있었기에 그다지 큰 기대를 하지 않았는데 비엔나커피의 마지막 맛처럼 향기롭고 달콤 쌉싸래하게 너무나 매력적인 곳이었어요.

멀리서도 알게 돼요. 저기구나, 쿤스트 하우스가! 기하학적인 구성

프리덴스라이히 훈데르트바서, 「쿤스트 하우스 빈」, 1986

과 놀라운 색채가 건물이라기보다는 마치 그림처럼 보였어요. 크기와 모양이 모두 다른 창문들, 블루와 화이트, 블랙의 타일들이 곡선으로 흐르고 건물 외벽으로 나무들이 자라나고 있어요. 물론 옥상에서도요. 1892년 지어진 가구 공장을 직접 리모델링해 자신의 예술 활동을 전시한 공간이죠. 세상에! 곡선으로 이어진 복도의 바닥도 울퉁불퉁해요. 그는 직선을 부도덕하며 인간성의 상실로 여겼답니다.

푸나무를 좋아하는 사람이라 전시장으로 들어서기 전 뒤뜰 정원으로 나갔어요. 품이 너그러운 사람처럼 아주 아늑하고 정겨운 정원이었어요. 쨍한 햇살이 나무들 사이로 자연스럽게 들어차고 정원의 의자에 자연스럽게 앉아 있는 사람들도 작품이 되는 것 같았어요. 크고 화려한 공간이 주는 놀람과는 전혀 다른 기쁨의 탄성이 솟아 나오는 공간이라고나 할까요.

전시장 내의 그의 수많은 작품은 색채와 나선이 어우러져 순식간에 매혹당할 수밖에 없었어요. 나선들이 주는 부드러움과 화려한 색채들의 향연이 수도 없이 펼쳐졌어요.

그에게 나선은 생명과 죽음을 상징한다고 해요. 마치 부드럽게 휘어진 강을 따라 걷는 것 같기도 하고 생이라는 배를 타고 노를 젓는 것 같기도 했어요. 날카로운 대결이나 대조가 없는 대신 미묘한 우수도 있었어요.

그는 색을 조합하는 뛰어난 능력으로 자연에서 얻은 색을 대담하게 자신의 작품 속에 펼쳐 색채의 마술사라는 이름을 얻기도 했어요. 평생 자연인이던 그는 나무판이나 천을 캔버스로 사용했고, 달걀, 흙 등 자연의 색을 스스로 만들어냈어요. 그래선지 그의 화풍을 '식물적 회화법'이라 칭하기도 한답니다. 식물처럼 느리고 식물처럼 자연스럽게 그리는 화법이죠. 실제로 그는 작품을 완성한 뒤 정원의 식물들 곁에 세워놓고 자연과 하모니가 되는지 살펴봤다고 해요. 그의 마음이 엿보이는 대목이죠. '프리덴스라이히 훈데르트바서'라는 이름의 뜻도 '평화롭고 풍요로운 곳에 흐르는 100개의 강'이라는 뜻이랍니다.

그는 다섯 가지 피부 이야기를 했어요. 우리의 피부, 옷, 집, 지구는 네 번째 피부고 '사회적 환경과 정체성'은 다섯 번째 피부라는, 가령 그는 자연이 아프면 우리의 피부가 아픈 걸로 해석했어요. "당신은 자연에 들른 손님입니다. 예의를 갖추십시오."라고 외치기도 했지요. 그러니 그는 자연을 사랑했던 작가일 뿐 아니라 철학자처럼 여겨졌어요.

화가이면서 건축가이기도 해서 슈피텔라우 쓰레기 소각장, 블루마우 리조트, 훈데르트바서 하우스 등의 친환경적인 건축물들은 지금도 오스트리아의 대표적인 관광 명소가 되어 있습니다. 훈데르트바서 하우스도 가봤는데 건물 앞에 모래성처럼 둥그런 길이 있었고 들어가는 입구는 마치 동굴 속을 들어가는 것처럼 아치가 만들어져 있더군요. 부자들이 사는 동네가 아니라 도시의 가난한 사람들이 사는 아주 작은 하우스들이었어요.

우리나라의 거대하고 화려한 아파트, '돈!'을 가득 품고 있는 건물과는 정말 격이 다른 느낌이었지요. 물론 그곳에도 건물 사이사이와 지붕 위로 나무들이 자라나고 있었지요. 나무 세입자들은 먼지를 삼키고 산소를 만들며 주위를 고요하게 하면서 기온을 조절합니다. 무엇보다 아름다움을 선사함으로써 집세를 지불한다고 해요.

팔이 닿는 만큼 창문과 외벽을 개조해 '그 안엔 자유인이 살고 있다'는 사실을 알게 해야 한다며 그는 창문에 대한 권리를 주장했던 사람이었어요. 인간의 존엄만큼 자연과의 동조를 꿈꿨던 사람, "파라다이스는 곁에 있지만 우리는 그것을 파괴하고 있을 뿐이다. 나는 이 지구상에서 낙원을 실현하는 것이 얼마나 간단한 일인지 보여주고 싶다."라며 자연에 대한 사랑으로 부엽토를 활용해 자신만의 화장실을 만든 사람.

발을 떼지 못하게 하는 그의 작품은 수많은 곡선의 세계이기도 합니다. "아름다움은 만병통치약입니다." 말한 훈데르트바서, 자신이 사랑했던 나무 밑에 관 없이 묻힌 사람, 바로 그 사람이 가장 아름다운 작품이 아닐까 생각했습니다.

조나단 브로프스키, 「해머링 맨」, 2002

홀로 서성이며

모든 존재의 목표는 사라지는 것일 수도 있겠다. 가령 세화 미술관에는 실로 엮어진 집 세 채가 한 공간에 자리하고 있다. 김홍도의 세한도 속의 단순한 집 같기도 하고 아주 어린 아이들이 그리는 집 모양이기도 하다. (아, 아파트에서만 살아가는 요즈음 아이들은 집을 어떻게 생각하고 있을까? 집과 집 사이의 공간, 지붕의 선, 그리고 나무와 숲이 함께 빚어내는 그런 집들을 바라본 적이 없는 우리 아이들, 그런 의미에서 지금 아이들에게는 이해할 수 없는 집일 수도 있겠다.)

아주 단순한 형태의 그 집은 하얀 색깔의 도톰한 실로 엮어져 있고, 어두운 미술관의 조명 아래서 안에 든 튤립나무 꽃 같은 등롱 하나가 집을 환하게 밝히고 있다. 작가는 자궁에서 태어나 집에서 살다가 다시 작은 관, 혹은 묘라는 곳으로 가게 되는 생의 여로를 함축해서 세 개의 집으로 표현했을 것이다. 실제로는 아주 거리가 먼 단어들이지만 관자는 궁, 집, 관이라는 상이한 개념들을 익숙하게 이해하면서 하나로 엮어낼 수 있어야 한다.

작가가 작품을 짓듯이 우리도 작품 앞에 서면 그런 사유를 지어가며 작가의 의도대로 볼 수 있어야 한다는 것, 개념은 현대 미술의 근간이라서 아주 낯선 것들끼리의 조화를 작가가 이야기할 때 우리는 그곳으로 가야 한다. 그래야 그 작품을 이해할 수 있다. 현대 미술은 우리가 서 있는 자리에서 탈출하게 하여 새로운 자리에 서게 하는 데 목적이 있는지도 모른다. 우리를 움직이게 하며 우리를 고착시키지 않기 위해 애쓴다. 마치 건강해지려면 몸을 움직이고 걸어야 하듯이 현대 미술은 우리에게 '정신의 걷기'를 요구한다. 감상이라는 고착된 자리에서 벗어나 작품 속으로 옮겨오라고 권유한다. 그래야 새로운 세상으로의 이주가 가능할 것이라고 속삭인다. 해 아래 새로운 것이 어디 있으랴만 새롭지는 않다고 하더라도 다른 각도에서 바라볼 수 있는 너그러운 사람이 될 수는 있을 것이다.

박혜원의 궁은 설치 미술답지 않게 아주 산뜻하고 아주 멋지고 아주 예뻤다. 그래서 "아! 좋다. 정말 좋네!"라고 빈 미술관에서 혼자 중얼거렸다. 사유에 들어가기 전 감각적으로 다가오는 모든 느낌에 우리는 어쩔 수 없이 혹하고야 만다. 이제까지 그리 살아왔으니까.

그러나 의미 가치 개념을 떠나 아름다운 것은 가장 보편적인 느낌으로 이 또한 보존할 가치가 있다. 아름다움은 그 갈래가 형형색색이다. 꽃이 아름다워 꽃을 바라보다 보면 지는 것이 보이고 꽃 진 자리도 아름다워진다. 열매가 이어지고 푸르른 잎에 눈빛이 반짝이게 되며 그러다가 나무와 나무의 목피, 그리고 그들이 살아온 자태의 하나인 옹이조차 아름다워진다. 아름다움은 작품의 시작이기도 하다. 그러니 여기쯤서 서성거려도 괜찮다.

수많은 면사를 가지고 공간에 공간을 존재하게 하는 공간에 대한 새로운 의미 부여와 공간의 아름다움을 인식하게 하면서 동시에 공간을 낯설게 하는 강은혜의 작품. 실이라는 선을 사용하여 수많은 점과 점을, 선과 선을 연결시킬 때 마치 명상을 할 때와 같았다는 작가의 이야기를 들었다. 그 단순한 작업이 빚어낸 미학적 느낌이 상당했다. 특히 미술관 복도에 설치한 대각선의 선들이 빚어낸 시적 느낌은 그들이 빚어낸 그림자와 함께 나를 서성이게 하는 절묘한 울림을 주었다.

작품을 설치하는 노고야 말해 무삼하지만 설치된 작품은 촘촘하지만 간결하고 간결하면서도 수많은 사유의 결을 생각하게 한다. 정다운의 패브릭으로 하는 공간 드로잉도 새로웠고 차승언의 섬유로 회화를 하는, 섬유로 조각을 생각하게 하는 작품들도 신선했다. 무엇보다 우리나라에 '난데없이 들어온 추상의 개념'을 빈틈으로 처리한 천으로 만들어진 공간 속 상자의 개념은 놀라웠다. 아마도 차승언 작가는 '추상'이 수많은 사회적 여건과 역사라는 시간 속에서 서서히 다져온 결과물로 생각한 듯, 그 추상이 우리나라에는 유행처럼 번져왔다는 사실을 인지하고 그 뿌리에 대해 고심하는 것 같았다.

아름답기조차 한 이런 설치 작품은 전시 기간이 끝나면 해체되면서 사라질 것이다. 어디론가 자리를 옮겨서 존재한다 한들 결국 이 공간 속의 작품은 아니니까, 결국 사라지고 만다는 것. 그러니 현대 미술의 한 지향점이 소멸에 있다는 것도 맞는 말이다.

생각해보니 삶도 그러하다. 설령 죽음이 사라짐이 목적이나 목표는 아니더라도 그 귀결이 그러하니 목표라고 해도 좋고 목적이라고 해도 상관없으리. 사라지는 결론에는….

그러고 보니 매일 죽는다는 바울의 고백은 얼마나 현대 미술적인가, 또 얼마나 자유로운가? 삶을 초월한 그의 삶은 또 얼마나 아름다운가? 죽음을 생각하며 삶 속에서 서성이는 것, 서성임은 삶의 정직한 한 양태가 아닐까?

무수한 힘

서바수 숲길을 걸을 때 드문드문 폐가를 보았다. 시들어가는 집과는 비교할 수도 없이 폐가 앞 풀밭과 뒤의 텃밭들은 싱싱한 생명의 향기로 가득했다. 창문이 뜯겨나고 대나무 문살이 찢기고 두툼하게 입혀져 있던 황토가 얼기설기 구멍이 나 있다. 너무(?) 무성한 식물을 살짝 비껴가듯 폐가의 그늘 속으로 들어선다. 형체만 남은 작은 방과 부엌, 그리고 외양간을 들여다보며 그곳에서 아주 따뜻하게 살았을 모르는 사람들을 떠올린다.

앞서 간 옛사람은 볼 수가 없고(前不見古人)
뒤에 올 후인도 볼 수가 없네(後不見來者)
천지의 아득함을 생각노라면(念天地之悠悠)
나홀로 구슬퍼 눈물 흐른다(獨愴然而涕下)

−진자양 저

클로드 모네, 「베퇴유 부근에 내린 서리」, 1880

폐가 주변을 기웃거리며 사라져 간 사람들을 그리고 이내 사라져 갈 나를 생각했다.

집은 이미 사위어졌는데 집 앞의 밭들은 어쩌면 그렇게 참하고 정갈하게 가꾸어져 있는지, 산간 지대라 옥수수가 많았다. 자로 잰 듯 그마마하게 자라나 있고 고추와 콩들, 아직 수확하지 않는 감자는 꽃이 사라진 여름 들판의 아름다운 꽃으로 피어나 있었다. 그리고 길보다 약간 위에 있는 도라지밭을 보았다. 약간 역광의 자리에서 도라지밭을 올려다보았는데 꽃은 몇 송이 피어나 있기도 하고 머금고 있는 송이들은 크고 작고…. 사실 도라지꽃이야 청순하기 이를 데 없는 것을, 기다란 키 휘청거리는 몸매에 살짝 얹어 맑은 홑겹으로 피어나 있는 보랏빛 흰빛의 도라지꽃은 시원한 듯 수줍은 듯 아름다운 듯 처연한 듯…. 꽃이 피면 그저 꽃만 보이는데 그 가느다란 몸피에서 돋아난 가느다란 이파리들이 보였다. 촘촘한 그사이로 햇살이 스며들며 그 빛이 만들어 내는 형형의 형태들이 눈부셨다. 형태와 함께 어우러지는 질감, 그러니까 도라지 꽃대가 지닌, 이파리들이 지닌 도라지만의 마티에르에 빛이라는 무형의 마티에르가 입혀지는 순간을 보았다고나 할까? 그 둘이 순간 화합했을까? 분명 빛이 지니지 못한 도톰한 질감이 도라지 이파리 위에 얹히더라는 것. 순간에만 열리는 어떤 지대, 어떤 곳, 어떤 형상, 마치 무한대의 무엇을 살짝 엿본 것 같은 그런 느낌.

혹시 이런 갈래들을 모네는 바라보았고 그것을 그리기 위하여 그는 날마다 그렇게 성당 앞에 서 있었던 것일까?

두 번째 오르세전 입구에 있던 모네의 「베퇴유 부근에 내린 서리」를 볼 때 오히려 처음보다 더 설레었다. 연한 푸른빛, 연한 분홍빛, 연한 노란빛… 그 연함들이 빚어내는 흼. 눈보다 더 차가운 눈보다 더 흰 하얀 서리를 연함으로 묘파해 낸 그림, 그러니까 아마도 모네는 포플러 나무 위의 서리 그 희디흰 것 속에 깃들어 가는 섬광을, 그 섬광이 흰 서리를 싸안을 때 그 순간을 보았을 것이다. 내가 도라지밭 아래서 도라지들 사이로 빛과 바람과 가느다란 이파리들이 순간에 이루어낸 향연, 그들만의 소통 회화가 아주 잠시 내 눈에 보인 것처럼.

모네는 서리에 와 닿는 빛의 순간을, 보통 사람 눈에는 그저 희게만 보이는 서리를, 찰나마다 달라지는 수많은 결을, 흔들리는 시선을, 흔들리는 빛을, 흔들리는 바람과 그 안에서 흔들리는 공기를, 그 수많은 것들의 흔들거림이 존재들에 와 닿을 때 순식간에 파생되는 오만 가지의 것들이 빚어내는 형상, 셀 수 없는 무수한 흼을 저 수많은 붓질로 '찾아냈을' 것이다.

그게 어찌 그리는 것일까? 아마도 찾아내는 일이리. 돌 속에 깃든 형상을 찾아내는 로댕처럼.

사람이 만든 철과 자연의 돌을 적당한 자리에 놓아두고 그 사이에 혹은 그 주변에 숨겨둔 이우환의 보물처럼….

한국 근현대 미술 100인전

덕수궁으로 들어선다. 관광객을 위한 수문장 교대식이 열린다는 방송이 들려온다. 커다란 북 옆에 아주 어린 소녀가 수문장들과 같은 옷차림으로 서 있다. 역사의 재현이라는 그럴듯한 담론을 생각하면서도 보여주기 위함인 알맹이 없는, 즉 생활 없는 재현에 대해 생각한다. 가치가 있기도, 아마 없기도 할 것이다. 이즈음 내가 가장 많이 서성이는 길이다. 확신 없는, 미증유의, 흐릿함의 안개 거리. 아주 소소한 생각거리에서도 도무지 단언할 수가 없다. 결론이 없다. 그래서 덕수궁 초입에서 난데없이 아직도 잘 이해치 못하는 자크 데리다의 '해체'를 내 서성임 속에서 언뜻 보이는 것처럼 느끼기도 한다.

사물은 소리를 내기도 하지만 소리를 흡수하기도 하는 듯, 특히 덕수궁에 들어설 때마다 느끼는 것은 알 수 없는 적요함이다. 도심의 한가운데이면서도, 방학이라 수많은 아이의 소리가 참새 소리처럼 들려오고 그 아이들에게 비둘기처럼 구구거리며 대답하는 엄마들의 소리와 외국인들의 말소리까지 낭랑하게 들리는데도 클라리넷 연주 사이에 들려오는 연주자의 호흡처럼 들리는, 그러나 들리지 않는, 표현하기 어려운 고요함이 있다. 오래된 돌들, 오래된 지붕들, 그리고 오래된 나무들은 오래 묵은 세월로 소리를 흡수해 들이는지도 모른다.

일월 한가운데, 그리고 겨울 한가운데이니 늘 푸른 나무라고 지치지 않으랴. 소나무는 그럴 수 없이 피곤한 낯을 한 채 검은 녹빛으로 가라앉아 있다. 모든 것을 훌훌히 벗어내지 못한 애환인가. 검은 화살나무의 줄기가 선연하다. 주황색 꽃을 어여쁘게 매달고 있던 능소화도 죽은 듯 깊은 침묵에 빠져 있다. 날아갈 듯한 대궐의 지붕선 옆에 서 있는 서울 신청사. 거참, 건물 사이의 그 건물은 참으로 괴이해서 사진 찍으려고 할 때 전봇대보다 더 거슬린다.

그림을 직접 본다는 것은 시디플레이어에서 녹음된 음을 듣다가 빼어난 오케스트라의 콘서트장에 있는 것과 흡사한 일이다. 아니 그보다 더… 더 깊은 공명의 감도를 느낄 수 있는 일일지도. 어딜 가나 이제 한가한 곳은 별로 없다. 전시장도 세일하는 백화점과 별로 다르지 않다. 오후 시간이고 방학한 지도 오래되어서 괜찮을 거야 했던 기대가 뭉개지는 시간.

유명해서 익숙한 작가들의 그림이다. 유명이 주는 권위가 아니라 그림 본인이 지니고 있는 아우라가 뿜어내는 권위다. 그런 그림들 앞에 서서 천천히 걷다 보니 '아, 좋네… 아, 좋아… 정말 좋구나!' 마치 아리스토텔레스가 말한 쓸모 없음의 쓸모 같은 선한 감정이 샘물처럼 솟아났다. 한줄기로 요약되는 감정이 아니라는 것, 아는 그림은 알아서 더욱 좋고 모르는 그림은 새로워서 마음이 활짝 열린다.

오지호의 유명한 그림 남향집 옆에 있던 내장산을 그린 「설경」은 순식간에 나를 빨아들였다. 겨울이, 눈 내린 숲이 이렇게 아름다웠던가! 겨울을 처음 본 것처럼 새롭고 신선했다. 약간 경사진 눈으로 덮여버린, 그래서 길인 듯 길이지 않는 듯 사라져버린 그 길에 발자국을 내며 걸어가고 싶었다.

김환기의 「피란열차」는 언제 보아도 사람이 꽃 같아서 전쟁을 피해 가는 사람들이라는 생각이 들지 않는다. 꽃다발들이고 꽃밭들이고 꽃이고… 사각형 원형 등 기하학 도형이 작품의 기본을 이루고 있다는 전문가들의 시시한 분석보다는 작가의 삶을 바라보는 시선이 가장 많이 보이는 그림이 아닐까? 푸른 하늘은 그가 그린 어느 블루보다 맑고 청랑하다. 떠나갈 수 있는 기차와 바퀴(바퀴도 꼭 넣어주어야 해). 사람들과의 부딪힘, 따뜻한 관계, 소유보다는 함께를 이야기해주는 사람! 사랑의 본질을 갈파한 그림.

바로 그 옆에 이중섭의 「길 떠나는 가족」이 있었다. 노을이 고운 날이다. 아버지가 달구지에 아내와 어린 자식 둘을 태우고 어디론가 가고 있다. 아버지는 하늘을 바라보며 춤을 추고 있다. 엄마는 새를 향한 손을 내밀고 있다. 아들은 소의 꼬리를 잡으며 장난을 치고 있고, 소는 그런 아이를 옆 눈으로 바라보는 듯, 소의 등에 피어나 있는 꽃, 노을이 지어낸 꽃이라도 좋고 화가가 그려준 꽃이라 해도 좋다.

아, 그런데 전혀 다른 이 두 그림이 나란히 서서, 그림과 그림 사이인지 그림 뒤의 그림인지 공통분모… 섞임… 조화… 새로움… 즉 내게 빚어내는 새로운 그림이 있더라는 이야기. 그리고 그 순간 나는 알베르토 망구엘이 《독서의 역사》에서 쓴 '간통'이란 단어를 떠올렸다. 이 책을 읽고 있으면서 다른 책을 기억해내든지 혹은 그 반대의 경우 '간통'이라는 것. 그러니까 나도 그림 앞에서 '간통'을 했다는 것!

도록을 사왔는데 집에 와 뒤적거려 보니 「설경」도 「피란열차」도 「길 떠나는 가족」도 듣지 못한 화가 김기창이 그린, 소리가 눈에 보이던 아악도 정물이 되어있다.

겹치는 순간들이

빚어낸 하모니

집을 나선다는 것은 '자신으로부터의 외출'이다. 일상의 나가 아닌 본래의 나로 귀환하는 거라고 해도 괜찮겠지. 음악은 추상이라고 했다. 사실 음악 같은 추상이 어디 있을까? 미술관 가는 차 안에 내가 좋아하는 바이올린 콘체르토가 가득 차고 넘쳤다. 금상에 첨첨화다. 거기다 구름이 낮게 가라앉은 날이었다. 도심의 숲은 아직도 '나 가을이야~'를 발하고 있었지만 서울을 벗어나자 겨울 곁으로 성큼 들어앉은 숲. 겨울을 나기 위한 조촐한 몸짓으로 가득 차 있었다. 늘 푸른 나무들은 어두운 초록으로 가라앉아 가고 '오라 겨울이여, 어서 오라.' 옷 벗은 나무들은 그 거침없는 모습으로 겨울을 부르며 삶을 생각하게 하는 근원적인 생각 속으로 한 발 내딛게 한다.

피카소가 말했다.

"나는 14세에 르네상스 대가들처럼 그릴 수 있었지만 아이들같이 그리는 법을 배우는 데는 평생이 걸렸다."

알렉산더 리버만, 「아치웨이」, 1997

예수님께서도 그러셨다, 다정한 모습으로 아이를 안아주시며.

"얘들아 니들 말이야, 애 같아야 천국에 올 수 있어."

피카소는 평생 어린아이의 방법을 배웠다고 하는데 우리는 조금 더 잘살기 위한 여정 속에 그저 몰입되어 있다. 허락된 길이 나아가는 길밖에 없는 듯이 살아간다. 뒤로 돌아서거나 그도 아니면 두리번거리기라도 해야 할 텐데….

산 뮤지엄은 원주에 있다. 가장 기대에 차있었던 제임스 터렐관은 공사 중이었다. 나오시마, 제주도, 그리고 원주에서 만난 안도 다다오의 건물, 물과 유리의 세계. 물과 유리는 서로를 투명하게 비추고 비춰주는 역할을 한다.

11월은 어쩌면 사람의 감성이 가장 각지면서도 풍성해질 때다. 사랑이 생각나는 시절, 그것도 아주 갑자기 푹 빠지게 된 강렬한 사랑들 이야기. 《늦어도 11월에는》만 그런 것은 아니다. 모니카 마론의 《슬픈 짐승》도 그렇다. 순간에 찾아온 사랑과 순간에 사라져 간 사랑으로 평생을 살아가는, 사랑에 점령당한, 아니 사랑이 주는 슬픔에 점령당한 이야기다.

그녀는 단호한 성정을 지녔다. 강렬한 사랑의 경험 때문일 것이다. 그녀는 기억을, 잡다한 것들에 대한 기억을 멸시했다. 나는 그런 사랑을 해보지 못해선지 그렇지 않다. 아주 사소한 것들에 대한 기억이 삶을 풍요롭게 한다고 생각한다. 어쩌면 그런 사소한 것들에 의해 삶은 지어 가는 것 같다.

산 뮤지엄에서 내렸을 때 다가오는 산들, 우리나라 어디에서나 보암 직한 있음 직한 산들, 그들이 지닌 초겨울의 신선한 내음들, 숨만 깊게 내쉬고 들이쉬는 게 아니라 그때의 숨들은 나를 연다고 생각한다. 자연에게 그 누구에게도 하지 못한 나를 방기하는 시간. 나무에 숲에 산에 나를 거침없이 주는 것 이런 기억들이 나를 이루어간다고 생각한다.

미술관 가는 길에 새로 심어진 자작나무는 오랜 세월을 품고 있지는 않지만 그럼에도 불구하고 늦가을 잎 떨군 자작나무, 지는 것들은 모두 아름다워. '지다'는 언제나 '저뭄'을 담고 있지. 수많은 저뭄 끝에 너도 더욱 아름다워지리. 자작나무에게 속삭이며 지나간다.

워터 가든. 그 앞의 아치웨이는 너무나 붉고 너무나 커서 소소한 사람이라 벅찼다. 주인 닮은 사진기도 벅차다는 듯 제대로 담아내지 못한다. 아마도 안도 다다오는 저 붉은 작품이 빚어내는 솟아오르는 듯한 '튐' 뒤편, 자신의 작품이 빚어내는 고요한 정적에 미소를 지었을지도 모른다. 생경한 것과의 조합은 산뜻한 유머 같기도 했을 터이니.

산 위의 물, 검은 돌이 깔린 물의 땅 위에 건물이 있었다. 빨리듯 홀리듯 건물 안으로 들어갔다. 그리고 시작되는 미로. 자주 들이치는 햇살, 구름 낮게 드리운 날이었는데도 그래선지 건물 안으로 스미어드는 자연 채광은 건물 안 고요를 신비롭게 했다. 나오시마 지중 미술관보다 조금 더 오밀조밀한 느낌이었다. 제주도 본태 박물관보다는 조금 더 큰 듯, 여전히 차경은 유효하고 또 유효했다. 작고 크게 혹은 유리창으로 보이는 원주의 산들이 마치 정겨운 뜨락이다. 왜 건물 안에서 바라보는 나무와 숲은 마주 대할 때보다 오히려 매혹적인가? 건물의 창이 자연의 액자가 되어서인가, 여러 개의 액자가 빚어내는, 서로 다른 풍경들의 레이어드가 빚어내는 물결일까? 창의 투명한 결과 풍경이 지닌 결들이 화합하여 서로를 눈부시게 하는 건가? 두 시간 반가량 건물 안에 있었다. 충일한 시간이었다.

연극 <레드>, 2019, ⓒ신시컴퍼니

색_色으로 색_色을 알게 하는

인생은 짧고 예술은 길다는 히포크라테스의 이 말은(그가 말한 예술은 의술과 같은 기술로 해석해야 한다는 의견도 있지만) 우리에겐 익숙해서 고속도로에 즐비한 졸음운전 하지 말라는 경구처럼 보인다. 이 오래되고 정형화된 문장이 연극 〈레드〉를 보던 날 빛을 잃었다. 적어도 마크 로스코처럼 치열하게 살아간다면 그 생의 무게는 진중하여 길고 깊어서 오래갈 수 있다는 것, 오히려 마크 로스코라는 화가의 삶을 새롭게 조망해내는 연극을 보는 동안 예술도 길지 않을 수 있다는 것을 생각했다. 아니 오히려 예술은 매일 죽고 매일 사라지고 있는 게 아닐까? 오래 살아있는 예술이라 할지라도 세태에 따라 이해와 해석은 상이하니 작가의 예술은 사라져 버리고 남아있는 존재는 '새로움'이란 포획자에게 먹혀버린 다른 존재가 아닐까?

예술의 새로운 사조는 먼 곳에서 길을 잃고 불시착한 생물이 아니다. 언제나 현존해 있는 흐름 속에서 그 현재를 먹고 자라난다. 단지 '새로움'은 강렬한 매혹을 기반으로 한 강렬한 힘을 가져 이전의 예술 그 정수리를 거침없이 내리친다는 것.

마크 로스코의 작품은 로스코가 보기엔 가볍고 경망스럽기 이를 데 없어 절대 작품이라고 할 수 없는 팝 아트에 밀려난다. 적어도 로스코의 조수 켄에겐 그렇게 보인다.

"선생님도 큐비즘을 그렇게 몰아내셨잖아요. 아버지를 존경하지만 아버지를 살해해야 한다고 선생님이 말씀하셨잖아요. 이제 선생님 차례예요."

어느 수거미는 다리 몇 개를 내어주며 그 다리를 먹는 암컷과 교미를 한다고 했다. 거미의 교미는 사람들이 하는 섹스가 아니다. 자신의 다리를 내어주면서까지 씨앗을 심는 역사를 위한 위대한 몸짓이다. 하기는 동아 속에서 자라나는 새 움도 봄이 되어 햇살이 길어지면 그 여린 몸짓으로 사정없이 자신을 보호해주던 껍질을 찢어내질 않던가. 가엾은 것들, 먹고 먹히는, 자라고 사라지는, 사랑하고 미워하는 그것이 가엾은 생인 것이다.

마크 로스코(1903~1970)에 대한 연극 〈레드〉는 미국의 추상 표현주의 화가 마크 로스코의 일화에 기반한 '팩션'이다. 극작가 존 로건은 1958년 뉴욕 시그램 빌딩에 백만장자들만을 겨냥해 문을 연 '포시즌 레스토랑'에 걸릴 벽화를 의뢰받은 로스코가 40여 점의 연작을 완성했다가 갑자기 계약을 파기했던 일화에 주목했다. 상업적 예술과는 거리가 먼 그가 지극히 상업적인 프로젝트를 수락한 일, 또 막대한 금전적 대가를 돌려주면서까지 수락을 번복한 일의 이면에는 어떤 계기가 있을 것이라는 상상력에서 출발했다. 로건은 로스코의 일상에 가상의 조수인 켄을 등장시킨다. 켄은 젊음의 혈기와 예술에 대한 나름의 진지함으로 끊임없이 로스코에게 도전한다. 〈레드〉의 무대를 채우는 건 로스코와 켄의 대화다.

로스코로 분한 강신일이 담배를 피며 관중석을 바라볼 때까지도 나는 나를 포함한 관중이 그가 그린 벽화라는 것을 몰랐다. 극 초반이 조금 지나고 나서야 우리가 그의 그림이 되어 있다는 것을 알게 되었다. 내가 그의 진지한 그림이 되어서 그의 아이가 되어 그가 한 사랑의 고백을 듣는다.

"그림을 파는 건 앞 못 보는 아이를 면도날 가득한 방 안으로 들여보내는 것 같은 거야. 그 아인 아플 텐데, 고통이 뭔지 몰라. 전에 다쳐본 적이 없어서…."

그는 그림을 살아있는 생명체로 여겼다. 사람들이 그 생명을 알아볼 거라고 여겼다. 자신의 그림이 제의를 지닌, 묵시를 포함한 신령한 사원을 생각나게 하는, 아니 마치 사원처럼 그림 앞에서 생각하며 성찰하고 묵상하길 원했다. 그림을 거는 장소, 그림을 바라보는 자세, 그림과의 거리도 그에겐 굉장히 중요했다. 자신의 그림이 비록 화려한 식당에 걸린다 할지라도 그 식당이 음식 먹는 곳이 아닌, 예배는 아니더라도 적어도 생각하는 곳이 될 것으로 여겼다. 그러나 음식점은 요란한 은 식기 소리와 사람의 소음으로 가득 차 있었다. 아마도 그의 그림은 홀로 떠돌고 있었겠지. 그는 엄청난 손해 배상을 하면서 자신의 그림을 식당에서 데리고 나온다.

로스코와 켄과의 대화는 정말 재미있었다. 나는 컴컴한 객석에서 소리 없이 자주 웃었고 기뻤다. 공감의 기쁨이었고 느끼는 즐거움이었다. 앙리 마티스의 레드 스튜디오에 대한 로스코의 표현들은 소름이 돋았다. 로스코는 그림 읽기의 종결자였다. 미술가는 말할 것도 없이 니체로부터 시작하여 프로이트와 햄릿, 그리고 음악-바흐, 모차르트, 알비노니의 아다지오, 비탈리 샤콘느-을 좋아하는 로스코는 음악 속에서 산다.

화가가 재능만으로 그림을 그리는 게 아니듯 그림 읽기 역시 화가의 시선만으로는 어림없다. 그가 지닌 숱한 인문학적 지식에 그림을 향한 열정과 고통이 배인 시선으로 그림을 바라볼 때 그림은 많은 이야기를 들려주는 것이다. 그렇다. 로스코는 자신이 그런 모습으로 그림을 바라보니 다른 사람들도 자신의 그림을 사원에서처럼 기도하듯 봐주길 원했던 것이다.

음악 속에서 하얀 캔버스에 칠을 한다. 혼신의 힘을 다한 레드…. 로스코의 그림에 대한 고통스러운 체화가 가득가득 스민 언어들이 무대 위에서 날아다니고 커다란 캔버스에 레드가 그려지니 무대는 타오른다. 로스코와 켄은 상대적 접점에 서 있기도 하고 같은 곳을 바라보기도 한다. 노년과 젊음, 수용과 대치, 보수와 진보, 주류와 비주류, 갑과 을, 그리고 결핍과 상처가 이들 사이를 관통해 흐른다.

블랙이 레드를 삼켜버릴 거라며 로스코는 고민한다. 그에게 색은 무엇이었을까? 레드는 그림의 결정체를 말함이었을까? 블랙의 존재는 예술적 한계를 의미했을까?

켄은 말한다. 레드도 블랙도 그저 색일 뿐이라고. 블랙을 죽음으로 치환하는 감성은 선생님의 아포론적 성향과 배치되는 것 아니냐고. 색을 이야기하지만 결국 로스코에게 색은 생이었다.

로스코는 70이 다돼서 자살했다. 연극 속에서도 자살에 대한 은유가 있다. 아마도 희곡 작가의 유려한 포석인 듯.

연극이 끝나고 강신일과 한지상이 나와서 인사를 했다. 일반적인 연극의 끝처럼 여러 번 인사를 했다. 그러다가 강신일이 무대 위에서 서서히 팔짱을 꼈다. 몸이 변하고 눈빛이 변하더니 그는 다시 완벽한 로스코가 되었다. 그리고 자신이 그린 벽화를 바라보았다. 우리도 연극이 끝난 지점에서 다시 벽화가 되어 연극 속으로 들어갔다.

연극은 끝났지만 끝나지 않았다. 레드.

제주 추사관, '추사 김정희 반신상'

빛과 어둠 속에서

추사의 반신상만

보성 집에는 엄마 떠나오실 때까지 한쪽 울타리가 탱자나무로 되어 있었다. 탱자나무 곁 사철나무, 그리고 큰길가 쪽으로만 벽돌담이다. 이젠 사실 시골도 탱자나무 울타리 같은 것 거의 없다. 왜 나무 울타리를 없애는지 모르겠다. 이집저집 구별을 위해서라면 나무 울타리처럼 은근한 게 어디 있겠는가. 도둑을 막기 위한 방범 작용이라 해도 탱자나무 가시가 시멘트 벽돌보다 힘이 더 셀 것이다.

할아버지 할머니 아버지 좌정해 계시는 묘지 주변에도 탱자나무가 심어져 있다. 아버지께서 미리 만들어 놓으신 가묘로 입장하실 때 아버지도 위리안치 되셨겠지.

추석 무렵이라 탱자나무에 노랗게 탱자가 익어가고 있었다. 아버지가 새로운 집을 향해 가시는 모습을 바라보는 대신 내내 그 탱자만을 바라보았다. 그때 아버지 관이라도 붙잡고 울었어야 하는데, 이상하게 아버지 돌아가실 시간, 의사가 준비하라고 한 말 뒤에부터 흐르기 시작한 눈물이 식구들 모두 다시 돌아오고 목사님이 오셔서 임종 예배를 드리는 그 두세 시간 동안 그칠 수도 없이 눈물이 쏟아져 나왔다. 슬퍼하며 눈물이 흐르는 게 아니라 그냥 눈물이 저절로 한도 없이 자기가 무슨 샘물이라도 되는 양, 얼마나 몸속에 많이 저장되어 있는가를 확실히 알려라도 주겠다는 듯이 한도 없이 흘렀다. 이제 생각해보니 그때가 아버지 영혼이 떠날 즈음이셨을까, 이젠 탱자나무만 보면 아버지 무덤이 떠오른다.

강화에 가도 아주 오래된 탱자나무가 한 그루 있다. 십여 년 전 처음 볼 때는 사백 년 세월의 위엄이 있는 나무였는데 이즈음엔 가지치기를 많이 해버려서 그저 평범한 나무처럼 보인다. 밭 자락 안에 있어 바로 곁에는 매해 새로운 배추, 파, 무들이 자라난다. 아마도 사람 없을 때 탱자나무는 자신이 살아온 세월 이야기를 그들에게 해줄지도 모른다. 그 푸새들은 똘망한 모습으로 겨우 삼사 개월 살아가는 봄도, 그리고 겨울도 모르는 순전한 눈빛으로 감 잡을 수 없는 세월에 대한 이야기들을 들을 것이다.

사백 년 된 탱자나무라고 하니 위로 높이 솟구치고 아래로 넓게 펼쳐지는 커다란 나무들을 생각하지 마시라. 탱자나무는 참으로 더디 크는 나무다. 그러니 사백 년이라야 느티나무 일 이 년보다 더 작다. 주의 궁전에서의 한 날이 다른 곳에서의 천 날보다 낫다는 사실을 몸으로 보여주는 일이기도 하다.

제주도의 이틀째 처음 방문지를 숙소에서 멀지 않던 추사 유배지로 택했다. 승효상이 지은 건물이다. 내 조카 결혼식 때 기도를 해주던 분이라 친한 사람처럼 여겨진다. 유배지에 주차하다 보니 오래된 샘물 '대정 우물터'라는 팻말이 보인다. 골목을 요리조리 휘돌아가며 찾다가 "없는 것 아냐?" 할 때 눈앞에 딱 나타났다. 바로 샘이 보이는 게 아니라 그 분위기가 딱 엿보였다. 이제는 물이 없는 샘, 우물 안 깊은 곳까지 환삼덩굴 가득하고 주변에는 계요등 꽃이 가득 피어나 있었다. 주변이 정말 우스꽝스러워졌는데도 이상하게 샘은 오래된 샘의 정취를 가득 지니고 있었다.

　옛날 대정리의 유일한 우물인 이곳에는 명관이 부임하면 용출수가 솟았고, 그렇지 못한 사람이 부임하면 물이 사라졌다는 아주 영험한 용출샘이라고 적혀있다. 그렇지. 아마도 무력한 민초들은 저런 아름다운 전설로 자신들을 다스리는 사람들을 겨우 조금 견제했을 것이다. 사람들은 두려워하지 않더라도 자신이 좋은 사람인가 나쁜 사람인가를 더군다나 생명의 젖줄인 우물이 보여준다는데 오금 저리지 않았겠는가? 물 없는 우물을 한참 바라보았다.

　추사관 들어가는 길, 계단이 아주 특이했다. 치매 센터 원장인 지인은 "아 이런 길 처음이에요. 놀라워요." 하며 사진을 담는다. 도드라짐 없는 건물, 그 단순함이 오히려 맘으로 스미어든다. 제주 사람들은 처음 추사관을 감자 창고로 생각했다고 한다.

은거와 유배의 느낌을 살리기 위한 의도가 읽히는 지하 속으로 들어간다. 전시관은 추사에 대한 자료가 아주 많았다. 여러 대의 모니터에서는 추사에 대한 애니메이션이 나오고 입구에 있던 허련이 그린 추사는 아주 후덕한 모습의 미남이었다. 아주 느릿하게 천천히 보았는데도 결국 일별이고 수박 겉핥기다.

계단에 '유배지 가는 길'이라는 글씨가 보였다. 건물 안에서의 지칭이 담박한 건물치고는 군더더기 아닌가 생각했는데 아니었다. 그곳은 텅 비어 있었다. 처음에는 약간 어두웠다. 세한도를 나타내는 둥근 창에서 들어오는 빛만 으슴푸레했다. 추사의 반신상이 거기 고적하게 존재했다. 빛과 어둠과 추사만 있었다. 추사의 절제와 여백이 저절로 떠오르고 군더더기 없는 공간이 주는 느낌이 슬펐다.

유배지를 벗어나자 햇살이 눈부시게 들어차던 기다란 창으로 가득차게 밀려와 있던, 마치 밀물 같던 바깥의 자연스러운 풍광, 떠였다. 그 아무것도 아닌 풀들이 떠나 억새 같은… 흔하디흔해 그저 풀 외에 아무것도 아니어서 시선을 붙잡지 못하던 것들이 주는 정한이 기이할 정도로 사무치더라는 것.

추사관 옆에 위리안치 되어 살던 추사의 유배 터에 탱자가 익어가고 있었다.

안녕하세요 고갱 씨

그젠 우이령 길을 걸었어요. 비가 오락가락하는 날이었고 더위도 세
차선지 거의 사람이 없더군요. 고갱 씨도 타히티로 떠나면서 고요함
을 찾아 떠난다고 하셨다면서요. 저두 어쩌면 타히티는 아닐지라도
고요를 찾아 자주 혼자 서성이는지도 모르겠어요. 우이령 숲은 사계
의 정점에 와있더군요. 여리던 유록과 연두는 흔적도 없고 짙은 녹색
으로 초록은 습기를 가득 머금어선지 이젠 검푸르더군요. 호쿠사이의
파도손처럼 어쩌면 이즈음 숲은 보이지 않는 손이 있어 나무를 세차
게 늘리는 게 아닌가 싶어요. 나무들 키는 왜 그리 크고 가지는 왜 그
리 검어 보이는지, 쪽동백 나무의 열매가 유독 꽃 같았어요. 고갱 씨
라면 단박 그림을 그렸겠지만 저는 그저 셔터만 눌렀지요. 아마추어
화가이신 지인께서 제가 찍은 사진을 그림으로 그렸다며 보여주시는
데 그림과 사진이 그토록 다른지 참 놀라운 경험이었어요. 마치 제 사
진은 낡은 테이프에서 들려오는 노래 같다면 그림은 성장하고 예술의

폴 고갱, 「안녕하세요, 고갱 씨」, 1889

전당에 가서 듣는 콘서트 같았어요.

나무와 숲을 좋아해선지 고갱 씨의 전시회에 가서도 나무와 숲을 유심히 보았지요. 한번 주욱 보고 다시 한 번 또 돌고. 고갱 씨가 그린 「타히티 풍경」에서는 고갱 씨의 염원-예술을 지극히 단순하게 만들고 싶다. 원시 예술이라는 방법을 통하여 머릿속 관념들을 표현해내는 것-대로 형태도 색상도 보이는 대로가 아닌 생각대로, 그래서 추상적인 느낌이 드는 작품이었는데 현대의 별스런 작품들을 보고 사는지라 형체는 단순화되고 색채는 강한 나무들이 아주 예뻤어요.

앉아있는 여자는 숲이나 다가오는 남자는 무시한 채 먼 곳을 바라보는 듯 집이 있고, 남자가 있고, 남자가 어깨에 메고 온 음식이 있는데도 그보다는 먼 곳을 바라보고 있는 여자에게 나는 말해주고 싶었어요. 저 예쁜 나무를 보셔 하면서도 그 여자, 그 포즈에서 우리 모두의 모습도 순간 읽혔어요. 언제나 지금 이곳보다는 다른 곳을 향해있는 그 알 수 없는 본능 말이에요.

전시 커미셔너의 글에서 왜 고갱인가 묻는다면 마지막 인상주의자, 인상주의 시대를 마감한 최초의 근대 화가이기 때문이라고 적고 있더군요. 그러니 고갱 씨, 당신은 이미 역사 속의 인물이면서 지금도 여전히 새로운 사람이기도 하네요. 예술은 결국 새로움인가 봐요. 익숙한 것에서 벗어나 전혀 다른 세계로의 도약, 그런 낯섦 속에서의 예술혼은 타오르고, 그 새로움을 맞이하기 위해서 고갱 씨는 그렇게 먼 길

떠났겠지요. 자식도 아내도 가족도 버린 채.

전시회 시작은 고갱 씨의 실제 모습으로 꾸며져 있더군요. 고갱 씨와 고갱 씨 가족들 사진, 그리고 당신의 딸 사진, 젊고 싱싱하고 아주 단아해 보이는 미모였어요. 전시회에 같이 간 지인은 "이쁘죠? 이쁘네요!"를 연발하시다가 이렇게 예쁜 딸아이를 잃었으니 그 참혹한 심정이 짐작조차 안 간다고 하더군요. 딸이 죽은 지 한참 뒤에야 아내는 고갱에게 그 소식을 알려 주었다고 해요. 둘 사이를 예표해주는 대목이죠. 그러나 그렇게 사랑하는 딸보다 더 사랑한 예술에 대한 사랑 때문에 당신은 평범한 삶을 버렸고, 평범한 즐거움을 평범한 인생을 버린 거죠. 버리고 나서 외로움이 없었을까요? 가슴 저린 회한이 밤마다 찾아오지 않았을까요? 그래서 더욱 뜨겁게 그림으로 자신을 몰아가지 않았을까요?

윌리엄 서머싯 몸의 《달과 6펜스》에서 고갱 씨가 모델이었을 찰스의 그림에 대한 묘사는 정말 장렬했어요. 글대로라면 픽션은 섞었을지라도 몸은 분명 실제로 당신의 그림에 대한 느낌을 적었을 테니까. 하지만 솔직하게 말해본다면 버스를 타고 더위를 헤치며 휙이휙이 찾아간 고갱 씨, 서울 시립 미술관에서 만나는 당신의 작품은 생각보다는 평범했어요. 유화라고 하기에는 너무나 얇은 붓질들이 그 느낌을 더했을까요, 가슴이 뛰질 않아서 좀 놀랐어요. 전 좋은 그림을 보면 막 가슴이 뛰거든요. 그러니 당신처럼 유명한 분의 그림을 접하면 보자마자 급하게 뛰어야 하잖아요. 이상하게 나중에 더디게 아주 천천히 오롯한 느낌들이 다가오긴 했지만요.

인터넷에서만 접하던 유명한 그림이 생각보다 많은 것에 우리 모두 놀랐어요.

네, 맞아요. 「안녕하세요 고갱 씨」라는 글제는 고갱 씨의 그림 제목 그대로예요. 「안녕하세요 쿠르베 씨」를 고흐와 함께 보셨다면서요. 「안녕하세요 쿠르베 씨」를 보고 난 후, 그리고 고흐와 만난 후 자화상에 대한 생각이 바뀌었다고 하더군요.

「안녕하세요 고갱 씨」에서 나는 오래 서 있었어요. 색깔은 아주 선명하고 화사해보였지만 겨울나무들의 형체는 힘들어 보이더군요. 고갱 씨를 아는 평범한 아낙의 인사, 왠지 그녀의 모습에서 고갱 씨를 걱정하는 듯한 모습이 보여요. 고갱 씨에 대한 건강일지, 사는 것 등등에 대한 소문을 들었던 걸까요? 베레모를 쓴 고갱 씨는 긴 외투에 붉은색 두툼한 숄(?)까지 하고도 왜 그렇게 추워 보이는 거예요. 별로 말도 통하지 않을 것 같은 아낙과 작은 강아지, 그것도 당신의 강아지가 아닌 거지요. 그러니 당신을 바라보고 있는 거겠죠. 당신의 강아지라면 아낙을 향하고 있을 테니, 색을 아주 중하게 여긴 고갱 씨. 당신은 선명하고 강한 색으로 자신의 삶을 나타내보려 하지만 결국 외롭고 힘든 마음을 감출 길 없어 저런 나무의 모습으로 그대의 마음을 보여준 건가요?

그렇게 외로워서 타히티에서는 아마도 현대에서라면 도무지 용서받지 못했을 어린 소녀들과 같이 살았던 건가요? 아니면 로리타 신드롬이 있었던 건가요? 하긴 그 원초적 삶이 그득한 원시의 세상에서 당신은 마음 가는 대로 마음을 숨기지 않고 살았을 터. 그러나 아무리 본능에 치우쳐 자유롭게 살아간다 할지라도 생로병사에만큼은 자유롭지 못하니, 어쩌면 우리는 생로병사의 노예이니, 결국 당신은 삶의 근원적인 문제에 다다랐을 거예요. 그래서 아프고 난 후 '우리는 어디서 왔는가, 우리는 누구인가, 우리는 어디로 갈 것인가?'를 그린 거죠.

생은 어둡고 장엄하던가요, 불안하고 신비하던가요, 두렵고 떨리던가요, 헤아려보지만 헤아릴 수 없는 것이던가요, 살아있지만 산 것이 아닌 죽어있지만 단절이 아닌 불가사의함이 당신께는 보이던가요? 어린아이는 고통스러워서 세상을 외면하고 아이 머리 위의 개는 어둡고 검어서 마치 죽음의 나라에서 온 것처럼 보였어요. 숲은 철망 속에 갇힌 듯, 하다못해 사과를 먹고 있는 아이조차 음울해 보여 삶이라는 서글픈 가락이 아이에게조차 넘실대는구나. 이렇게 삶은 신산하구나. 죽음을 지척에 두었는지 아니면 이미 그 세상에 들어서 있는지 늙은 여인 앞의 오리는 왜 그리 희답니까?

알 수 없는 생의 회한이 당신이 그린 물감보다 더 진하게 새어나오던 것을, 그래서 묵상하게 하던 것을, 당신의 그림 앞에서 하는 생의 묵상 말이죠.

우리나라 옛 그림에는 그림자를 그리지 않았다고 해요. 구름도 안 그렸다는데 그 모든 것들이 허상이었기 때문이었죠. 허상 아닌 게 어디 있으랴 하면서도 삶에 대한 경건한 태도를 가늠해보는 일은 되지요.

당신이 그린 작품 앞에서 마이크를 든 도슨트의 목소리는 오히려 그림을 가리는 병풍처럼 여겨지더군요. 무슨 설명이 필요할까요? 그냥 느끼면 되는 것을, 느낌만으로도 충분하던 것을….

「안녕하세요 고갱 씨」 만나서 반가웠어요.

니시자와 류에, 「테시마 미술관」, 2010

시간 속의 항성

　무엇인가를 '단정'한다는 것은 무서운 일이다. 미래를 막는 일, 생각을 죽이는 일, 그리고 자유를 박탈하는 일일 수도 있으니까. 그럼에도 불구하고 사람들은 단정하기를 즐겨 한다. 열린 채 모호하게 두는 것보다 명료한 단정을 택한다. 그만 걸어도 되는 딱 그 지점.

　테시마 미술관은 내겐 마치 외계 어디에선가 날아온 비행 물체처럼 보였다! 이렇게 단언하지 않으면 그 미술관이 품고 있는 것들이 너무도 많아서 이야기를 끌어갈 수가 없을지도 모른다. 순식간에 확장되어버린 나, 확장되다~ 되다~ 해체되는 것 같은… 확장과 해체가 같은 선상에 있었다.

　아주 어릴 때 달걀이 주인공이던 만화가 있었다. 타원형의 달걀은 상황에 따라 변했다. 옆으로 주욱 늘어나거나 위로 수욱 커지거나 심할 때는 거의 붙어있는 선 두 개만으로 변할 때도 있었다. 테시마에서 문득 그 달걀이 생각났다. 거의 날마다 달걀 요리를 먹으면서도 생각나지 않았던 그 만화 속 달걀이 내가 되는 것 같은 느낌. 이리 늘어나고 저리 늘어나고 선 두 개만이 아니라 아예 작은 점이 되는 것 같은 순간.

소쉬르는 언어는 사물의 이름이 아니다. 언어가 있고 나서 사물이 생겨났다고 했다. 인간이 사회 구조를 만드는 것이 아니라 사회 구조가 인간을 만든다는 구조주의적 견해. 테시마 미술관을 나는 구조라는 틀 속에 집어넣을 것이다. 그래야 주절거릴 수 있을 것 같으니.

쾌속선을 타고 한 시간 조금 못 되어 테시마섬에 내렸다. 아주 자그마한 항구. 어디나 청결했고 아주 정돈이 잘 되어 있었다. 산업 폐기물로 가득한 섬이었다고는 상상할 수 없었다. 우리나라 농촌에 흔하던 검정 비닐 대신 고추 모종 위에 짚이 얹어져 있었다.

200엔을 주고 버스를 탔는데 관광객 외에는 거의 다 늙은 할머니들이었다. 버스는 섬을 돌고 돌아 바닷가 높은 길에 내려 주었다. 마치 그 길은 바다가 종점처럼 보이는 바다로 향하는 길처럼 보였다. 앞으로는 넘실대는 푸른 바다, 옆으로는 이제 모심으려고 물 대놓은 논, 다른 쪽으로는 세상에, 다랑논이 있었다. 우리나라처럼 여겨지는 아주 한가로운 시골 바닷가 풍경이었다. 바다를 향하여 나아가니 바다는 더 푸르러지고 다시 새로운 길이 보인다. 언덕에 하얀 톱풀꽃이 가득 피어있는데 마치 흐드러진 모습이 개망초 꽃처럼 보였다.

무려 이천 엔이나 되는 관람료를 내고 자그마한 굴 입구에서 매표를 했다. 무슨 작품도 아니고 건물 안에 들어서는 건데 사진도 안 된다고 해서 아예 짐을 다 맡겼다. 다시 매표소를 나와서 걸어가니 길도 바다도 숲도 이미 아트였다. 다시 숲이 나타나고 앞선 사람은 보였다 안 보였다. 숲을 스쳐 오는 초록 바람은 더운 얼굴에 시원한 비처럼 다가왔다. 등받이도 없는 야트막한 나무의자에 앉아있던 조그마한 여자가 미소를 지으며 신발을 벗으라고 했다.

'예배하러 신전에라도 들어가는 것 같군.'

속으로 중얼거리며 아무것도 없을 것 같은 아주 작은 문, 아니 통로를 통해 맨발로 들어서는데….

일본 가가와현香川縣 다카마쓰高松 해역에 위치한 테시마 미술관. 시마는 섬이고, 테는 풍이라는 뜻. 그러니 풍성한 섬이란 이야기. 원래 벼농사를 많이 지어 풍도라 불렸는데 많은 산업 폐기물을 버려서 거의 황폐하게 된 섬을 안도 다다오의 주재 아래 아트 스페이스로 만들었다.

테시마 미술관은 그림도 조각도 없는 미술관 자체가 오롯이 작품인 미술관이다. 그러나 그 미술관은 거의 땅속에 숨다시피 자신을 숨기고 있었다. 바다를 보며 걷게 만든 하얀 길을 휘돌아 가는데 오히려 미술관은 더 안 보이는, 약간의 몸피만 살짝 세상에 내놓은 채 미술관은 침잠해 있었다. 나는 겨우 외계에서 온 비행 물체라고 했지만 실제로는 물방울 모양으로 지었다고 한다. 그러니까 나는 미술관을 보는 것이 아니라 미술관 속으로 들어가는 것이다. 미술관이라는 물방울 속으로 들어간 것이다.

물방울 속은 온통 하얗다. 맨발에 와 부딪히는 바닥 느낌은 매끈해 선지 부드럽고 시원하다. 무심코 몇 발자국 들어서자 갑자기 펼쳐지는 공간.

숨을 들이켰다. 거기 전혀 다른 세상이 있었다. 사람들도 순식간에 변해버렸다. 거인국에 온 소인처럼 경도당해 스스로 조용해졌다. "아, 오메!" 경도당한 사람들에게서 어쩔 수 없이 튀어나오는 억눌린 작은 탄성이 오히려 고요에 점을 찍고, 그리고 사람들은 앉거나 서거나 눕거나 아주 천천히 걷거나 혼자가 되어갔다.

작품 속으로 들어서는 순간, 그가 누구라도 그 작품 속으로 용해되며 작품이 되어버리는 기현상이 바로 나와 내 이웃들에게서 일어나고 있었다. 아무것도 없었다. 그저 빈 공간 하나였다. 하다못해 뭔가 건물을 지지해주는 기둥도 없었다.

둥근 듯 낮은 듯 같은 듯, 조금 더 낮아지는 지붕이라고 할 수 있을까? 그곳에 있는 두 개의 구멍. 하나는 조금 낮아 바로 지척의 숲을 그대로 차경해내고 있었고 하나는 조금 높아 하늘을 품은 듯 가까이 다가가면 역시 바로 곁의 아무 손길도 타지 않는 저 홀로 들판이 다가온다. 나는 마치 새로 갓 태어난 아기처럼 별 의식 없이 무화되는 느낌이었다.

낯설고 신기하고 은밀했다. 은밀은 뭐랄까, 사실은 무엇인가 어두운 듯도 했다. 그곳은 아주 눈부시게 환한 공간이었고 유월의 햇살이 아주 깊게 내리꽂혔는데…. 하늘이 보이는 두 개의 커다란 구멍 속으로 하늘이, 자연이, 바람이, 새들의 소리가, 바람이 나뭇잎 흔드는 소리가, 멀리 바다 내음도 바닷물 부딪히는 소리도 같이 있을 것이다. 그러다가 나뭇잎끼리 부딪치는 소리가 소낙비처럼 쏟아져 들려왔다. 그 작은 구멍으로 세상이 아주 그득하게 들이쳐온다. 등 뒤로 팔을 펼치고 고개를 든 채 잠시 눈을 감는다. 내가 커지는, 조금 커지고 더 커지고 마치 나만으로 이 물방울이라는 공간이 다 차는, 내 안으로 이 모든 것들이 다 스며들어오는, 보이지 않는, 그러나 존재하는 세상. 가령 마음 같은 것으로 스밈, 내밀한 관계 속으로 들어감, 혹은 어디론가 떠남이었을지도 모른다.

이우환은 그림은 눈으로 듣는 거라고 했다. 그렇다면 혹시 나는 그림이 이야기하는 그 '들음'의 세계로 갔던 것일까? 그 '들음'의 세계를 몸으로 느낀 게 아니었을까?

저곳 숲에 비가 내리면 어떻게 될까? 저 나무들에 비가 내리고 빗방울들이 나뭇잎과 섞이는 소리를 이 안에서 바라보면 어떻게 될까? 사실 그 안에 비는, 이미 빗방울은 살아 움직이고 있었다. 어디선가 물방울 솟아나는 곳이 있다고, 물방울은 하나씩 구르다가 합해지고 다시 나뉘며 아주 느린 걷기를 하고 있었다. 미세한 바람이라는 동력과 미술관 바닥의 섬세한 인도에 따라서 흐르는 호오의 경지가 아니었다. 판단의 상태는 더더욱. 데시마 미술관은 건물이 아니었다. 공간 자체가 가장 근원적인 공간, 공간이라는 무상의 것을 실체로 잡아서 보여주는 시간 속의 항성이라고나 할까?

나는 사실 조금 울컥하기도 했다. 섬세하지 못한 내 성향을 아는 내가 나에게 놀라며 팔에 돋은 소름을 어루만지기도 했다. 하나님께만 사용하는 단어, 창조를 슬며시 떠올리기도 했으니 진공의 상태였음이 틀림없다.

차경의 차원을 넘어선 풍경

마르셀 프루스트는 잠재력 있는 젊은 화가에 대한 짧은 글을 썼다.

"젊은이는 매우 초라해서 도무지 美라고는 없는 우울한 집을 떠나 루브르에 가게 될 때 그가 보고 싶어 하는 베로네세가 그린 웅장한 궁전, 안토니 반 다이크가 그린 군주의 생활이 걸려있는 전시실 대신 샤르댕의 전시실로 젊은이의 발걸음을 이끌어야 한다고, 샤르댕의 그림은 지극히 일상적임에도 비범할 정도로 유혹적이고 무엇인가를 환기시키므로 젊은이는 그의 그림을 본 후 변화되어 초라한 자신의 식탁에서 중얼거리게 될 것이라고. 응 이것 참 아름답군. 이것 참 멋지군. 마치 샤르댕의 그림처럼 말이야."

무슨 이야기냐면 위대한 화가는 우리 모두의 눈을 뜨게 해주는 존재라는 이야기다.

안국역 1번 출구에 있는 스타벅스에서 커피를 마셨다. 비록 아마추어 화가이기는 하지만 미술에는 일가견들이 있으신 분들과의 커피 한 잔 때문에 갤러리에 들어가기도 전 마음이 부드러워져 있었다. 어느 까다로운 평론가는 스탈 부인의 회고록을 읽을 때 '십일월의 나무 밑에 서서' 읽으라고, 독서를 하는 데도 장소가 중요하다는 말인데 마음이 소통되는 사람들과의 커피 한 잔은 뭉근하지 않겠는가?

공근혜 갤러리는 청와대 바로 곁에 있다. 브로슈어 대신 작품 하나 넣은 자그마하지만 도톰한 카드가 아주 깔끔하다. 전시 소개에 대한 너스레도 전혀 없다. 그러고 보니 이 작가는 별도의 초대일시, 식이나 화환 같은 것도 생략한다고 했다. 명함도 받았는데 이런 단순명쾌한 명함 처음이다. 정승희라는 이름 외에 어떤 설명도 붙이고 싶지 않다는 작가다운 단호함이었을까? 군더더기를 싫어하는 간결함이 엿보였다. 그래도 딱딱해 보이지 않은 것은 네모진 명함의 왼쪽 귀퉁이를 살짝 둥글게 잘라냈다. 세 군데 각에서 하나 둥긂이 미소를 짓게 한다.

검은 커튼을 젖히고 전시실로 들어선다. 몇 개의 계단 아래 강한 모노크롬의 그림 네 개가 있다. 작가가 그림 설명을 해주었다. 설명을 들으면서 문득 작가와 그림이 어울리지 않는다는 생각을 했다. 왜냐면 목탄으로만 그린 그림의 선은 강하고 담대해서 남성적 느낌이 물씬 풍겼는데 지나칠 정도로 고운 미인이었다.

이 젊은 작가는 기억에 대한 이야기를 집요하게 했다. 그녀는 예술가다운 특별한 직관력으로 벌써 알아챈 것일까? 나이 들어가면서야 겨우 깨닫게 되는 기억이라는 물질의 끈적한 점도를.

나는 기억을 모노크롬으로 본다. 거기 아무리 컬러풀한 옛 시절이 있다 하더라도 시간이라는 마술에 걸려 기억 속으로 들어가면 북한산에 내린 눈이 북한산을 순식간에 수묵화로 변화시켜 버리듯 기억 속의 존재들은 모노크롬화 된다. 정승희는 그래서 자신의 기억들을 목탄으로 그려낸 것일까? 그것만으로도 뭔가 부족해서 그 기억들을 그녀는 '담긴 기억'이라고 했다. 기억을 담고 싶은, 혹은 담고 싶은 기억들을 붙잡아서 그녀는 싸맸다. 언젠가 그녀를 홀리게 했던 포도 맛이 나던 사과, 사과뿐이랴. 그 시간대의 수많은 감각과 존재, 흔적도 존재도 없이 곁에 무한정하게 있던 공기를 인식하던 순간도 그녀는 그려냈다. 생명이며 존재이던, 하다못해 유학 시절 그토록 많이 비워냈던 딸기잼이 담겨있던 유리병은 아이들의 장난감 통, 동전통, 어느 땐 식물의 씨앗을 담고 있기도 했다. 사라져 가버리던 것들을 그녀는 날랜 사냥꾼처럼 포획해서 우리 앞에 데려다 놓고 있었다. 기억이 미래의 삶에 대한 정교한 공식이라도 되듯이.

　아주 기다란 광목 위에 그녀는 숱한 나무들, 나뭇잎들을 그려냈다. 전혀 다른 풍경들이 그려져 있는 광목 캔버스가 숲의 그늘처럼 일렁였다. 광목 위에 목탄으로 그린 그림을 한 장씩 천천히 들여다보며 건노라니 처음으로 들어가 본 숲이 펼쳐졌다.
　설치 미술의 매력이기도 한 그림 뒷면도 그림이었다. 작가에게 그 말을 했더니 거대한 작품 판 위에 네 장씩 펼쳐놓고 그리는데 그림을 그리고 난 후 그 판에 새로운 그림이 생겨난다고 했다. 현대 예술의 과정 이야기를 했더니 그래서 사진을 찍어 놓았다는⋯. 그때 작가는 그 이야기도 했다. 번짐의 손맛이 너무 좋은 목탄이 자기에게는 굉장히 잘 맞는 도구인데 키가 저렇게 큰 그림을 그리다 보면 입안에 목탄 가루가 꺼멓게 묻는다고. 날아가지 말라고 뿌리는 픽사티브도 많이 호흡할 수밖에 없다고 했다.

작은 판넬 속의 28개 그림도 독특했다. 아주 얇은 트레이싱 지에 그녀가 보았던 수많은 나무를 그렸고, 그것들을 세 장씩 겹치게 해서 얼핏 단순한 그림처럼 보이지만 설치 미술로도 가능한 작품이었다.

"전 레이어드를 참 좋아해요. 이런 그림을 많이 그리는데 서로 바꾸면 전혀 다른 느낌이 들거든요."

그녀만이 바라볼 수 있는 기억 속의 풍경, 어찌 보면 그림의 아주 기본적인 도구라 할 수 있는 목탄을 가지고 설치 미술의 장까지 여여하게 장악하고 있는 듯해 보였다.

차경의 차원을 넘어선 정승희 만의 〈풍경〉

정치인들이 보아야 할 그림

강서구에는 겸재 정선 미술관이 있다. 입구에 들어서면 정선의 동상이 있는데 바로 「독서여가」 속 선비의 모습을 그대로 재현했다. 사인풍속화는 사대부들의 여가 생활과 교류를 소재로 한 풍속화로 겸재의 매우 드문 작품이지만 벽에 걸린 풍경화와 부채 속 그림이 겸재 자신임을 은연중 알려주고 있다. 옥색 중치막에 사방관을 썼다. 다리는 편안하게 펴고 살짝 기대앉았다. 꽃을 바라보면서 생각에 잠겨 있는 선비는 화리를 탐구하는 화성다운 면모를 보여주기도 하지만 꽃을 좋아하는 성향도 보여 로맨틱해 보이기도 한다.

인터넷상으로 보면 큰 그림처럼 보이지만 실제 간송에서 만났을 때보니 아주 아담했다. 마루가 넓지 않은 걸 보면 뒷마루 같기도 하다. 아니면 아주 자그마한 사랑채쯤일까. 나뭇결이 살아 있다. 윤 나는 마루, 단정하게 정리된 서책들은 책 읽기를 즐겨 하는 선비의 지성을 보여주고 있다면 향나무는 선비의 기개를 보여주는 것 같기도 하다. 흰

정선, 「독서여가」, 1676

나무둥치는 강인해 보이고 무성한 잎들은 강렬하다. 자연을 사랑하는 겸재의 미음이 부지불식간에 나타난 것일까?

"겸재가 50대 초반 북안산 아래 유란동에서 생활하던 모습을 그림으로 그려낸 자화상이라고 생각된다."(최완수)

그림 속 두 점의 그림은 겸재의 그림으로 세 가지의 그림을 살펴볼 수 있는 일석삼조의 효과를 내고 있다. 화분도 그냥 토기가 아니다. 색깔과 무늬가 멋스러운 도기다. 자그마한 분은 선이 조금조금 굵은 듯하지만 난 종류일 것 같고, 큰 화분은 해당화일까, 작약일 수도 있겠다. 화분 밑에 깔판을 보면 아마도 방 안에 둔 화분일 것이다. 겨우내 방에 두었다가 따스해진 햇살 아래 내놓았을 터.

선비의 마루 밑 신발도 뛰어난 입지를 확보하고 있다. 그곳에 만약 신발이 없다면 자연스러움이 반감되고 어딘가 기울어진 느낌이 들 것 같다. 더군다나 마루 밑으로 신발이 들어가 있는 것은 단정하게 정리되어 있는 책들과도 일맥상통해 보인다. 신발조차 사람 눈에 걸리적거리게 놓아두는 것이 싫은 작가는 자신을 잘 뒤돌아보는 사람일 것이다.

정선은 남종화의 계보를 이으면서 진경산수화라는 새로운 화풍을 열었다. 그때까지 중국에서 전해오는 상상에 의한 산수화를 그렸다면 정선에 와서 비로소 우리나라 경치를 화폭에 담기 시작한 것이다.

선비와 꽃. 얼핏 안 어울리는 조합 같지만 의외로 조선 시대 선비 중에는 화벽이 있는 사람이 많다. 특히 매화벽.

조선 시대 승지였던 박사해는 안채에서 자는데 눈보라가 몰아치니 매화가 얼까 봐 걱정이 되었다. 그는 덮고 있던 하나뿐인 이불로 매화가 얼지 않게 동여매고 벌벌 떨면서 아내에게 이렇게 말했다.

"이젠 안 춥겠지?"

틀림없이 매화벽이 없었을 그의 아내의 속말을 짐작하고 남는다. 박제가도 꽃에 미친 사람의 꽃책 백화부 서언에 이렇게 적었다.

"뭔가 병스러운, 편벽된 증상인 벽癖이 없는 자 하고는 말하지 말라. 그는 재미없는 사람이다."

이 벽癖은 18세기의 중요한 코드였다고 하는데 생각해 보면 이러한 벽이 있어 사람의 극한 정서를 부드럽게 아우르는 역할을 해준 게 아닐까? 가령 이 선비가 어떤 책의 사상이나 혹은 권력에 홀린 사람이라면 그 필요 없는 홀림을 저렇게 무념무상의 자세로 꽃을 바라보는 花벽이 틀림없이 약화시켜 주지 않았을까?

「독서여가」는 독서를 하다 남은 겨를에 대한 이야기다. 꽃을 바라보는 선비의 시간은 목적이 아닌 과정이고 틈이며 가장 자신이 잘 드러나는 해찰의 순간이다. 정치판에서 어떻게 하든 이겨 권세를 누리겠다는 후안무치한 정치판 사람들이 이 그림을 좀 봤으면 좋겠다. 독서는 못 할망정 여가의 시간을 조금이라도 떼어내어 꽃 한 송이라도 고요히 응시한다면 세상은 좀 더 나아지지 않을까? 힘 있는 사람들의 힘을 빼는 힘이 이 작품 속에는 있다.

사람 사이의 길

풀이 무성한 푸서릿길을 걷거나 나지막한 산에 경사지게 나 있는 자드락길을 걸을 때 무엇보다 아무도 없는 나뭇잎 그득히 덮인 산길을 걸을 때면 길은 단순한 길이 아니라 사람들의 자취로 다가온다. 그 옛날 누군가 아무도 걷지 않았던 곳에 조심스럽게 첫발을 내디뎠을 것이고 다음 사람이 그 길을 따라 걸었을 것이다. 그렇게 사람의 발로 만들어진 다져진 길은 차츰 사람들에게 익숙해지며 단단한 길이 되었겠지. 그러니 모든 길은 당연히 보이지 않는 역사를 품고 있다.

마냥 변함없을 것 같은 길이지만 순식간에 돌변하기도 한다. 어두워진 하늘 아래 작달비 내리면 빗길이 되고 함박눈 펑펑 내리면 눈길이 된다. 목적을 지니게 되면 심부름 길이 되고, 학교 가는 길, 직장 찾아가는 길, 아, 연인 만나러 가는 설레는 길도 될 수 있다. 걷는 길만 있는 것도 아니다. 비행기 길도 있고 기찻길도 있으며 물론 뱃길도 있다. 찻길이야 말해 무엇할까? 모양에 따라 달라지고 크기에 따라 이름도 많다.

빈센트 반 고흐, 「착한 사마리아인」, 1890

보이는 길뿐이랴. 보이지 않는 길은 너무 많아서 헤아리기조차 어렵다. 늙은 엄마가 가는 길을 바라보며 내가 가야 할 길을 아득하게 바라보다 눈 밝은 시인이 들어선 길에서 시가 펼치는 길을 기웃거린다. 따끈하게 데운 우유에 탄 라떼 커피 한 잔이 주는 길도 만만치 않다. 생각을 따라 오늘도 무수하게 많은 길을 걷는다.

빈센트 반 고흐의 「착한 사마리아인」은 환하고 밝은 작품이다. 고흐가 즐겨 사용하던 노란색과 푸른색의 대비가 선명하다. 짧은 선모양의 터치에서 생생하고 역동적인 느낌이 풍성하면서 아름답다. 휘어진 길이 그림의 하단을 차지하고 있다. 좁고 협착한 길로 절벽이 있는 작은 골짜기 길이다. 그래서 사람끼리 만나면 반가워서 저절로 '하이!' 하게 되는 길.

네 명의 사람이 보인다. 예수님 표현을 빌리자면 저 멀리 길 끝에서 아스라이 보이는 사람은 제사장이고 가까운 곳에서 고개를 살짝 돌린 채 못 본 듯 책을 들고 가는 이는 레위인이다. 강도를 만난 것이 분명한 텅 빈 가방과 아픈 사람을 무심히 지나쳐 가는 마음은 어떨까? 그들의 뒷모습은 어떤 앞모습보다 더 정직하게 자신을 드러내고 있다. 실제 미셸 트루니에는 뒷모습의 사진을 가지고 글을 썼는데 뒤쪽이 진실이라고 선언했다.

강도에게 옷까지 탈취당한 사람은 온몸을 사마리아인에게 의지하고 있다. 부축한 사람의 무게를 감당하노라 허리는 휘어지고 다리 근육은 불거져 있다. 그가 온 힘을 다하고 있다는 것을 선명하게 보여준다. 말도 앞 다리를 모으며 힘을 주고 있다.

누가복음 10장에서 율법 교사가 묻는다. 내 이웃이 누굽니까? 몰라서 묻는 것이 아님에도 예수님은 강도 만난 사람을 보고 피해간 제사장과 레위인, 그리고 그를 불쌍히 여긴 사마리아인을 예로 들어 친절하게 설명해주신다. 누가 네 이웃이냐? 율법 교사는 대답한다. 사마리아인입니다. 가서 너도 이와 같이 하라.

「착한 사마리아인」은 신앙을 가진 많은 화가가 좋아하는 주제였다. 그러나 대다수의 화가가 사마리아인과 강도를 당한 사람들을 주제로 그렸다. 고흐는 들라크루아의 「착한 사마리아인」을 모작했지만 작품 속에 레위인과 제사장의 뒷모습을 그림으로 예수님의 말씀을 더욱 서늘하게 구현해냈다.

선함, 착함이란 아름다운 단어가 변했다. 착한 사람은 똑똑하지 못한 어리숙한 사람을 지칭하는 뜻이 숨어 있고, 선한 사람은 칭찬할 만한 기능 없는 사람의 수사어가 되었다. 사람에게만 사용했던 사람의 단어 '착함'은 이제 음식값이나 옷값에 사용되고 있다. 돈이 사람을 잡아먹듯이 사람에게 꼭 있어야 할 아름다운 덕목까지 대신 착복해 버린 것일까, 착함이란 덕목은 이제 사람에게 필요치 않은 것이 되었을까? 그 의미와 가치는 사라져 버린 것일까?

리처드 도킨스의 말처럼 사람에게 이기적인 유전자만 있다면 사마리아인의 선한 행위도 그저 칭찬이나 보상을 바라는 행위가 될 것이다. 그러나 영장류 학자 '프란스 드 발'은 인간과 가장 닮은 침팬지에게 실험을 했다. 줄을 당기면 음식을 주지만 대신 옆방의 다른 침팬지가 고통을 당하는…. 침팬지는 배가 고픈데도 줄을 당기지 않고 참아냈다. 자신의 배부름보다 타인의 고통을 크게 여기는 '이타주의적 충동'이 침팬지에게는 있었던 것이다. 하물며 사람이랴….

앗시리아에 점령당한 사마리아는 혼종 정책에 의해서 혼혈 민족이 되었고 유대인에게는 천한 이방인이 되었다. 예수님은 누가 이웃이냐는 질문에 혈통이나 민족이 중요한 것이 아니며 지위나 권력이 문제가 아니란 것을 짧은 문장 속에 담으셨다. 그러니까 이미 이천여 년 전에 예수님은 소외된 자를 일으켜 세우신 것이다. 사람 간의 구별을, 차이를, 다름을, 무화시키신 것이다. 사람 사이에 길을 내신 것이다.

빨간 모자를 쓰고 수염을 기른 사마리아 사람의 모습 속에 고흐의 모습이 보인다. 고흐의 심경은 두 가지로 해석할 수 있다. 자신도 사마리아인처럼 외로운 사람이거나 사마리아인처럼 남을 돕는, 예수님이 말씀하신 사람들의 이웃이 되고 싶다는 의도로 읽힌다.

네 주변에 사마리아인이 있는가? 너는 네게 다가오는 사람들에게 사마리아인이 될 수 있는가? 너는 예수님이 가리키는 길을 가고 있는가? 고흐의 그림이 묻는다.

자유로운 한 그루 나무

집안에서도 자연스레 팔짱을 끼게 되는 차가운 겨울이다. 가끔 팔짱을 낀 채 창 쪽으로 다가서면 잎 떨군 가로수 나무를 바라보게 된다. '흠 없는 혼'이라는 시적 표현이 아니더라도 겨울나무들은 가식 없는 원형의 존재다. 오히려 그 어느 계절보다 당당한 모습이 굳이 이름을 불러가며 구별할 필요 없다는 듯 그저 나무만으로 족하다.

장욱진의 「나무」 역시 이름이 필요 없다. 나무라고 하기에는 너무 가볍고 또 너무 크다. 집을 품고 있는 나무이며 산보다 더 큰 나무이며 무엇보다 그의 나무는 땅에 심어져 있지 않다. 공간에서 호흡하는 나무라고나 할까. 그래선지 금방이라도 날갯짓을 하며 솟아오를 것 같기도 하다. 어느 나무는 누워있기도 하고 길게 기울어져 마치 세상을 품에 안고 잠든 것처럼도 보인다. 거대한 숲처럼 보이기도 하는데 실제 그의 나무에는 사람이 살기도 한다. 새가 깃들어 노래하고 강아지의 쉼터가 되는 나무. 어느 나무는 하도 거대해 숲과 산을 지나 세상에, 나무 안에 달과 해가 깃들기도 한다.

그는 나무를 아주 간결한 선과 색채만으로 그려낸다. 생명이면 됐지 무슨 수사가 필요하니? 수사 많은 나를, 그리하여 수사만큼 부족한 존재라는 깨우침을 준다.

붓질 한 번에 솟아나는 나무도 있었는데 그 한 번에 바람까지 담고 있으니 참으로 그의 나무는 신묘하지 않는가? 일필에 의해 창조된 그의 나무는 세상의 모든 숲을 대신해도 될 만큼 충분히 차고 넘친다. 새는 거기 깃들고 개는 앞발을 들고 짓는다. 그의 해는 어찌 그리도 사랑스러운지, 빨갛고 작고 푸르고 둥글고 흐릿하고, 하도 부드럽고 사랑스러워 세상을 먹여 살리는 생명의 근원이라는 무시무시한 생각을 하지 않게 한다.

그러니까 그의 그림은 겨우 해와 새, 나무, 개, 사람이 전부다. 사이즈도 아주 작은데 세상에 그 작은 세상 속에 실제 세상이 가득하더라. 그것도 축약된 혹은 압축된 세상이 아니라 그 어느 세상보다 확장된, 우주라는 혹은 지구라는 공간만이 아닌 그 위에 삶의 더께가 그득하게 얹어진 세상.

그는 가끔 나무를 어느 공간 속으로 밀어 넣기도 한다. 산 위에 있는 산보다 더 거대한 공간. 그러니 그의 나무 한 그루는 저 먼 붉은 태양과 함께 우주적 존재가 된다. 너무 거대해서 지구가 움직이는 것을 우리가 느끼지 못하는 것처럼 그는 작은 새와 강아지를 풀어놓아 놀라울 정도의 생명력을 나무에게 부여해준다.

그의 나무는 불처럼 타오르다가 - 실제 동해凍害를 입은 감나무에 새순이 돋을 때 그는 마치 나무가 불타오르는 것처럼 여겼다고 한다. - 어느 때는 나무를 돌로 그려 시간의 그릇으로 표현하기도 했다. 그의 그림 속에서 나무는 마치 호수처럼 보이기도 한다. 나무가 되는 새도 있다. 새는 강아지처럼 강아지는 병아리처럼 보일 때도 있다. 어른은 아이처럼 보이고….

「닭과 아이」에서 아이는 동물의 새끼처럼 보이기도 한다. 닭은 우주처럼 거대해서 아이를 태우고 어디론가 금방이라도 박차 오를 것처럼 보이고 개는 수탉의 아래 숨어있다. 나무는 닭을 피해 살짝 몸을 돌리고, 아마도 낮에 나온 반달은 수탉의 하나 빠진 깃털처럼 보이기도 한다.

그가 즐겨 그린 사람, 새, 강아지, 그리고 나무와 하늘, 집, 집이 되는 사람과 산은 사람처럼 그런 그들을 바라본다. 그 모든 존재는 마치 공기처럼 바람처럼 서로를 넘나든다.

그의 그림이 해학적이라고? 아니 그의 그림은 그저 저절로 미소 짓게 했다. 내가 보기에 그는 나무를 너무 사랑하여 감히 나무로 해학을, 풍자를 하지 않았다. 마치 그가 창조한 나무에서 피톤치드가 솟아

나와 내 호흡 속으로 스며들 듯 자연스러운 미소, 자연스러운 공감, 그리고 자연스러운 기쁨이 있었다.

그의 작품은 그가 창조해낸 간결한 나무처럼 우리네 삶을 가볍게 하는 높은 산소량을 발사했다. 몸이 가벼워지고 시간은 경쾌해졌다. 타자의 시선으로 내 삶을 들여다보게 하는 삶의 객관화라고나 할까. 그 미답의 시간이 그의 그림 속에서 흘러나와 나를 충분하게 적셨다.

그는 나무를 너무 사랑하여 그에게만 들리는 나무의 오라토리오를 표현해낸 것이다. 그림으로 나무라는 악보를 적은 것이다. 그의 작품 치고는 조금 커다란 그림. 동물 가족은 화실 벽에 그가 그렸던 작품인데 벽을 그대로 떼온 그림이다. 그 그림 위에 소의 코뚜레와 워낭이 함께 걸려 있었다. 뒤샹의 샘보다 훨씬 더 자연스럽게.

나무보다 아름다운 시를 내 다시 보지 못하리
오직 나무는 하나님만이 만들 수 있다네

장욱진의 「나무」 앞에서 나무를 예찬하는 조이스 킬머의 시가 떠오르다가 쇠약해지는 경험을 했다.

양주에 있는 장욱진 미술관, 차에서 내리니 다가오는 영롱한 겨울 기운들. 공기의 차가움과 벗은 나뭇가지들이 뿜어내는 명료함으로 만들어진 서늘한 세계였는데, 그래선지 다른 공간으로 이동한 것 같은 느낌도 들었다.

산자락 아래의 하얀 건물 - 호랑이를 연상시키는 건물이라고 설명을 하더라만 - 은 멀리서 보니 성장한 여인이 손짓하는 것처럼 보이기도 했는데, 미술관을 나올 때는 장욱진의 「나무」, 그의 그림 속 자유로운 한 그루 나무처럼 여기기로 했다.

전람회의 그림

모데스트 무소르그스키의 '전람회의 그림'을 들으며 글을 쓰고 있습니다. 무소르그스키와 친했던 화가 빅토르 하트만이 서른여덟이란 나이에 세상을 떠난 후 그를 위한 전시회에서 그의 작품에 대한 음악을 작곡합니다. 열 개의 그림에 대한 음악의 묘사가 흐르고 그 사이사이에 프롬나드(산책)가 흐릅니다. 전시회를 다녀와서 글을 쓰는 것이 마치 무소르그스키와 함께 전람회장에서 산책하는 것 같습니다.

집에서 길 하나 건너면 있는 야트막한 정발산을 건너가면 고양시 문화의 전당인 아람누리가 나타납니다. 전시장뿐 아니라 소극장과 작은 갤러리들, 음향 기능 좋은 음악당, 그리고 도서관까지 가히 전 방위적으로 문화를 아우르는 곳입니다. 앞 건물보다 건물 뒤 정발산과 이어진 산책로는 아람누리를 더욱 정겹게 하는 곳이지요.

작년 늦가을에 제주도에 갔을 때 프렌치모던 전시회를 제주 도립 미술관에서 하더군요. 갈까 하다가 고양시로도 온다고 해서 사탕 아껴

장 바티스트 카미유 코로, 「빌 다브레」, 1865

먹듯이 미뤘던 전시입니다.

미술관에 갈 때 가장 신경 써야 할 것은 신발입니다. 미술관에 가면서 멋을 부리고 신발까지 깔맞춤하면 나중에 그림보다 신발에 신경을 쓸 수가 있습니다. 미술관에 혼자 가는 것도 추천합니다. 누군가와 동행한다는 것은 그만큼 신경의 분산을 의미하니까요. 좋아하는 사람과 데이트를 하는데 다른 사람이 끼어들면 그게 즐거운 데이트가 되겠습니까? 나는 그에게 집중하고 그도 나에게 집중해야만 온전한 데이트가 될 수 있겠지요. 더군다나 그는 나이도 많고 경험도 풍부해서 세상에 대해 눈이 밝습니다. 아마 나를 한눈에 척 보며 곁을 주어야 할지 말지를 결정할 겁니다. 그러니 무엇보다 진실한 마음을 장착해야 합니다.

약간 경건해도 됩니다. 경건은 손을 모으듯이 마음을 모으는 순간이기도 하니까요. 자신의 작품을 기도하듯이 바라봐주면 좋겠다는 마크 로스코의 생각을 충분히 이해합니다. 그는 색의 근원을 생각하며 삶의 근간을 궁구했을 테니까요. 자신의 작품에 자신의 영성을 담았을 테니까요. 로스코만 그랬겠습니까? 시간이 흐르면서 사람들 사이에 오르내리는 작가의 작품들은 시절도 담고 있지만 그보다는 더 작가의 영혼을 닮고 있습니다.

명화를 친견한다는 것은 영혼과 영혼의 만남이라고 생각해도 좋겠습니다. 내가 그를 중시해야 그도 나에게 자신을 열어줍니다. 그것은 시디로 듣던 음악을 예술의 전당 콘서트홀에서 좋아하는 지휘자의 지휘로 직접 듣는 것과 같은 일이니 그 현격한 차이야 말해 무엇하겠습니까? 설렘 경보죠. 코로나19 때문에 예약은 필수고 거리 두기도 필수입니다. 도슨트도 수다도 없는 미술관은 그 어느 때보다 고요해서 좋다고 생각했는데 좋은 작품 앞에서 오래 서 있을 수는 없더군요. 뒷사람이 와야 하니까. 그다지 넓은 전시장이 아니라, 그리고 매우 평면적인 곳이라 작품의 배치도 특별하지는 않았습니다. 작은 뜰이 있어선지 서울 도심 한가운데 있는 국제 갤러리의 전시는 언제 가도 좋더군요. 얼마 전 문성식의 전시회도 전시장 벽면의 여백을 작품 사이즈와 함께 면밀히 연구한 듯한 배치로 그림을 보는 기쁨에 전체 전시장을 더해보는 즐거움까지 주더군요.

장 바티스트 카미유 코로가 그린 「빌 다브레」 앞에서 숨이 훅 멎는 듯했습니다. 그는 바르비종파였어요.

모더니티 시대가 오기 전 풍경화는 그림을 아는 사람들 사이에서 천박한 품종(?)으로 여겨졌었죠. 어쩌면 그럴 수가… 라는 탄식은 역사 앞에서 자주 발하게 되는 익숙한 문장이죠. 그렇게 추론을 하다 보면 우리의 현재 역시 어쩌면 그럴 수가… 탄식할 수도 있겠지요.

빌 다브레는 그가 살았던 곳이었어요. 카미유 코로의 풍경화를 특히 좋아하는 이유는 그가 표현한 나무와 숲 때문이기도 합니다. 숲이 나무고 나무가 숲인데 그의 나뭇잎들은 나무에 따라 차별을 드러내지 않아요. 나무가 되어 그저 아련하게 자연의 한 부분이 되어 숲이 되어갑니다. 마치 자연 속으로 화하는 듯한 형태라고나 할까요. 들판에서 일하는 몇 사람이 있습니다만 그들도 사람의 형태인 듯, 그래서 인상파의 시작이라고, 인상파에 대한 지대한 영향을 준 작가라고 코로를 말하기도 합니다.

어느 평론가는 "카미유 코로는 풍경화가가 아니라 자연의 슬픔과 기쁨을 호흡하는 풍경의 시인이다."고 말했습니다. 먼 데 있는 하늘과 나무, 그리고 집에 부딪히는 햇살, 일하는 사람들과 호수 위에 일렁거리는 빛들을 이렇게 아름답게 그릴 수 있다니 그는 정말 풍경의 시인입니다.

세잔의 미완성 작품 「가르단 마을」도 세잔의 특색을 여실하게 지니고 있는 그림이었습니다. 종탑이 있는 교회와 집들은 그의 각이 엿보였고 나무들은 그 각들에 생기를 불어넣고 있었지요. '빛이 색이다'라는 인상주의 원칙에 가장 철저했던 모네의 작품 「밀물」은 윤슬로 일렁이는 바다의 색과 빛을 선명하게 드러내고 있었어요. 크지는 않지만 로댕의 조각품도 세 작품이나 있었어요. 생화(?)를 보는 즐거움은 조각 작품에서는 더해지지요. 옆모습 뒷모습까지 볼 수 있으니까요.

「발자크」와 「다나이드」도 인상적이었지만 「아름다운 아내」라는 작품 앞에 오래 서 있었어요. 바위 위에 고개를 숙인 채 벌거벗은 늙은 여인을 조각한 작품이었습니다. 시들은 젖가슴과 살이 없으면서도 아이 때문에 부풀었던 자욱이 선명한 늘어난 배. 그 시절 어떤 조각가는 로댕의 조각 어디에서도 아름다움을 발견할 수 없다고 했다는군요. 시들은 몸에 아름다움이 없다는 것은 결국 그가 보이는 것에만 집중한, 눈이 엷은 사람이라고 만방에 고한 거죠. 단순히 아름다움의 기준이 없다는 현대 미술을 소환하지 않더라도 로댕은 섬세한 눈초리를 지닌, 단순히 겉이 아닌 내면의 아름다움을 생각했던 사람인 거죠.

장 프랑수와 밀레, 베르트 모리조, 마르크 샤갈, 앙리 마티스, 에드가 드가, 피에르 보나르, 조르주 루오, 귀스타브 쿠르베, 알프레드 시슬레, 외젠 부댕, 라울 뒤피 등 책이나 인터넷에서만 보던 화가들의 사인이 들어간 작품들입니다.

2020 코로나19로 사라진

소소한 일상을 그리며

    슬프고 우울한 날이 이어지고 있습니다. 봄이 오고 있는데 말이지요. 꽃이 피거나 새순이 돋지 않아도 숲은 이미 변해 있습니다. 그러니까 움이 트려는 몸짓을 시작한 거죠. 가까이서 보면 조그마한 돌기들이 살짝 부풀려 보이지만 멀리서 바라보면 그것들이 함께 모여 전체적으로 아주 조금 들썩인다고나 할까. 겨우내 뾰쭉했던 산이 한결 부드러워졌어요. 형언할 길 없는 봄 분위기가 스미어든 거죠.

    색의 변화도 있어요. 저게 뭐지 하며 의심하게 만드는 색으로 변화의 빛이라고나 할까, 역시 형언키 어려워요.

    너무나 익숙했던 소소한 일상들이 사라졌습니다. '사회적 거리 두기'라는 낯선 문장이 선생이 되어 우리를 이끌어 갑니다. 다가서지 말라니요. 우린 평생 가까이하기 위하여 노력하며 살아온 사람들인데요. 정겨운 사람들과 차를 마시는 작은 행복조차 마음 놓고 하지 못합니

푸생, 「아슈도드에 번진 흑사병」, 1630

다. 공원에서 사랑스러운 아이들을 만나도 눈 맞춤은커녕 멀리 돌아서 지나갑니다. 모두 다 아는 얼굴이라 주일 예배를 드리긴 했지만 함께 밥도 못 먹었습니다. 마치 한겨울에 문을 열어 놓은 것처럼 서늘한 기분이었어요. 쇼펜하우어가 그랬어요. 자신의 불행을 이기는 방법은 남의 더 깊은 불행을 바라보는 일이라고. 뭐 그다지 품격 있는 사유는 아니지만 저절로 전염병 그림을 찾아보게 되니 사실 같기도 합니다.

니콜라 푸생의 「아슈도드에 번진 흑사병」입니다. 아슈도드Ashdod는 이스라엘 남서부에 있는 도시의 이름으로 성경에서는 아스돗이라고 번역되었죠. 엘리 제사장 때 블레셋이 이스라엘을 쳐들어와 법궤를 빼앗깁니다. 법궤를 아스돗에 가져다 놓으니까 아스돗 사람이 독종에 걸리고, 가드로 옮겨 놓으니까 가드 사람이 독종으로 죽습니다. 에그론으로 옮겨 놓으니까 에그론 사람이 독종에 걸립니다. 어떤 의학자들은 페스트였을 거라고 진단하기도 해요. 근거가 없지는 않습니다. 블레셋 사람들이 궤를 돌려보낼 때 전염병이 없어지길 기원하는 마음으로 독종tumor과 쥐를 황금으로 만들어서 보냈거든요. 페스트균은 쥐로 대표되는 설치류에 기생하는 쥐벼룩을 통해 옮겨집니다. 근데 참 우습게도 한때는 이 벼룩을 건강의 지표로 삼았다고 해요. 해충은 건강한 몸을 숙주로 삼기 때문에 벼룩이 있다는 것을 건강하다는 증거로 여긴 거죠.

니콜라 푸생은 독종을 페스트로 여긴 듯해요. 그림 여기저기서 쥐가 출몰하고 있거든요. 길에서 통곡하는 사람, 아파서 움직이지도 못한 채 쓰러져 있는 사람, 시체를 떠메고 가는 사람들, 저 뒷면에는 여전히 다곤에게 기도하는 사람도 있습니다. 헐벗은 옷을 입은 사람이 잘 차려입은 사람에게 살려달라고 하는 모습도 보입니다. 전면의 남자들은 다곤의 신전에서 나온 사람들일 거예요. 두려움과 겁에 질려 있는 표정입니다.

법궤가 다곤 신전 앞에 놓여있습니다.

다곤이 여호와의 궤 앞에서 또다시 엎드러져 얼굴이 땅에 닿았고
그 머리와 두 손목은 끊어져 문지방에 있고

– 삼상5:4

성경 그대로의 장면입니다. 그런데도 그들 중 아무도 여호와의 궤를 바라보는 사람은 없습니다. 그저 도망치기에 급급한 모습입니다. 오직 얼굴이 보이지 않는 한 사람만 여호와의 궤 쪽으로 고개를 돌리고 있습니다. 그는 "당신인가요?" 하며 마음속으로 묻고 있을까요?

몸 움직일 기력도 없는 아빠와 거의 다 죽어가는 엄마 곁에서 놀고 있는 아이도 보입니다. 화면 중앙에 어린아이가 바닥에 쓰러져 있는 엄마의 젖을 먹다가 하늘을 바라보며 울고 있습니다. 피부의 빛깔로 삶과 죽음이 나뉘어 있습니다. 여인 옆의 또 다른 아이는 죽음을 보여

줍니다. 아이의 얼굴은 엄마를 향해 있습니다. 죽은 아내 앞에 서 있는 남자는 상체를 구부린 채 한 손으로는 입을 막고 한 손으로는 울고 있는 아이의 머리를 만지고 있습니다. 어찌할 바를 모르고 있습니다.

이층에서 그 장면을 바라보는 사람들은 저들의 우두머리일까요? 자세로 보아 넋이 나간 듯합니다. 그의 참모임이 분명한 사람은 '아, 세상에 어찌 이런 일이…' 하듯이 머리를 감싸고 있습니다. 사람이 많은 광장이 전면에 배치되어 있는데 어쩐지 더 많은 곳으로 퍼져나갈 것 같은 느낌을 줍니다.

그러나 맨 오른쪽의 아이를 보면 희망이 보입니다. 건강하고 씩씩한 모습입니다. 발걸음은 당당하고 얼굴은 환합니다. 모든 사람이 병과 죽음 앞에서 두려움에 젖어 떨고 있는데 아이는 아무것도 두렵지 않아 보입니다. 니콜라 푸생은 미래를, 희망을, 구원을, 이 아이에게 투영한 것일까요?

17세기 르네상스 시대 후 바로크 시대가 도래, 안니발레 카라치의 아카데믹, 혹은 신고전주의라는 화풍과 카라바조의 자연주의라는 두 사조가 발전하게 됩니다. 푸생은 신고전주의를 계승, 회화 창작은 그 주제기 위대해야 한다는 '장려양식Grand Manner(일명 푸생주의)'으로 확장시킵니다. 종교적인 테마를 많이 그린 푸생은 이 작품 「아슈도드에 번진 흑사병」이라는 제목으로 1700년여 년 전의 사건을 현실화했습니다.

필자 역시 수백 년 전의 작품을 소환해 현실의 체기를 달래고 있습니다.

앙드레 말로는 과거의 시간을 가져다 글을 쓰지 않는다고 했는데 그거야 뛰어난 선생이나 가능한 이야기고, 삼월 하면 으레 보성의 삼월을 떠올리지 않을 수 없어요. 주변 마을보다 조금 더, 아주 조금 더 높은 곳, 그래서 삼월인데도 서늘했어요. 차가운 안개가 자주 끼어 그 안개 탓에 차나무가 잘된다고 하더군요.

일 년 후배인 그 아이를 우연히 읍내에서 만난 것도 삼월이었어요. 어둑한 저녁 무렵이었는데 그 아이 품에 꽤 여러 송이의 수선화가 안겨있었어요.

"수선화가 피어났는데 하도 이뻐서 친구에게 가져다주려고…"

정말 참 사소한 수선화 꽃 몇 송이 이야기인데 삼월이면 꼭 생각나는 이유를 아직도 잘 모르겠어요.

삼월이에요. 꽃이 필 거예요. 봄꽃이 무적의 함대처럼 밀려올 거예요. 그래서 소소한 일상도 이어질 거예요.

도판 목록

PART 1

- 케테 콜비츠Käthe Schmidt Kollwitz, 「죽은 아이를 안고 있는 어머니Woman with dead child」, 1903, 동판화, 39×48cm, 영국 국립 박물관

- 외젠 들라크루아Ferdinand Victor Eugène Delacroix, 「천사와 씨름하는 야곱Jacob Wrestling with the Angel」, 1854~1861, 벽화, 751×485cm, 생 쉴피스 성당

- 빈센트 반 고흐Vincent van Gogh, 「첫걸음(밀레 모작)First Steps(after Millet)」, 1890, 캔버스에 유채, 72.4×91.1cm, 메트로폴리탄 미술관

- 오귀스트 로댕François-Auguste-René Rodin, 「칼레의 시민Calais」, 1889, 청동, 217×255×177cm, 프랑스 칼레

- 피터 브뤼겔Pieter Bruegel the Elder, 「바벨탑The Tower of Babel」, 1563, 참나무 패널에 유채, 114×155cm, 빈 미술사 박물관

- 렘브란트 판 레인Rembrandt Harmensz van Rijn, 「돌아온 탕자Return of the Prodigal Son」, 1668~1669, 캔버스에 유채, 264.2×205.1cm, 에르미타주 미술관

- 디에고 벨라스케스Diego Rodríguez de Silva y Velázquez, 「요셉의 피 묻은 옷을 받는 야곱 Joseph's Bloody Coat Brought to Jacob」, 1630, 캔버스에 유채, 223×250cm, 에스큐리알 수도원 유적

- 빈센트 반 고흐Vincent Van Gogh, 「성경이 있는 정물Still Life with Bible」, 1885, 65.7×78.5cm, 캔버스에 유채, 반 고흐 미술관

- 카스파르 프리드리히Caspar David Friedrich, 「떡갈나무 숲의 대수도원 묘지The Abbey in the Oakwood」, 1809~1810, 캔버스에 유채, 110×171cm, 베를린 구 국립미술관

- 휴고 반 데어 구스Hugo van der Goes, 「목자들의 경배(포르티나리 제단화)The Adoration of the Shepherds(in Portinari Altarpiece)」, 1475~1478, 나무 패널에 유채, 253×304cm, 우피치 미술관

- 한스 홀바인Hans Holbein, 「대사들The ambassadors」, 1533, 참나무 패널에 유채, 207×209.5cm, 런던 내셔널 갤러리

- 빈센트 반 고흐Vincent Van Gogh, 「파리인들의 소설책Piles of French Novels」, 1887~1888, 캔버스에 유채, 53×73.2cm, 반 고흐 미술관

- 장 프랑수아 밀레Jean Francois Millet, 「씨 뿌리는 사람The Sower」, 1850, 캔버스에 유채, 101.6×82.6cm, 보스턴 미술관

- 빈센트 반 고흐Vincent van Gogh, 「도비니의 정원Daubigny's Garden」, 1890, 캔버스에 유채, 56×101cm, 바젤 미술관

- 조희룡趙熙龍, 「매화도梅花圖」, 19세기, 종이에 수묵담채화, 각 124.8×46.4cm(8폭), 국립중앙박물관

PART 2

- 모리스 드니Maurice Denis, 「마르다와 마리아Martha And Mary」, 1896, 캔버스에 유채, 77×116cm, 에르미타주 미술관

- 빌헬름 함메르쇼이Vilhelm Hammershøi, 「창가에서 독서하는 여인A Woman Reading by a Window」, 1900, 캔버스에 유채, 45.1×49.5cm, 개인소장

- 윌리엄 홀먼 헌트William Holman Hunt, 「세상의 빛The Light of the World」, 1851~1853, 캔버스에 유채, 125.5×59.8cm, 옥스퍼드 키블 대학

- 김홍도金弘道, 「추성부도金弘道筆 秋聲賦圖(보물 제1393호)」, 1805, 종이에 수묵담채, 56×214cm, 삼성미술관 리움

- 페르디난트 호들러Ferdinand Hodler, 「피곤한 삶Die Lebensmüden」, 1892, 캔버스에 유채, 149.7×294cm, 노이에 피나코테크 미술관

- 렘브란트 판 레인Rembrandt Harmensz van Rijn, 「시므온의 노래Simeon's Song of Praise」, 1669, 캔버스에 유채, 98×79.5cm, 스톡홀름 국립미술관

- 니콜라 푸생Nicolas Poussin, 「아르카디아의 목동들Les Bergers d'Arcadie」, 1638~1640, 캔버스에 유채, 85×121cm, 루브르 미술관

- 피터 브뤼겔Pieter Brueghel de Oude, 「이카루스의 추락이 있는 풍경Landscape with the Fall of Icarus」, 1560, 캔버스에 유채, 112×73.5cm, 벨기에 왕립미술관

- 렘브란트 판 레인Rembrandt Harmensz van Rijn, 「어리석은 부자Parable of the Rich Fool」, 1627, 나무 패널에 유채, 31.9×42.5cm, 베를린 국립회화관

- 모리스 드니Maurice Denis, 「숲 속의 예배 행렬, 일명 초록색 나무들Landscape with Green Trees or Beech Trees in Kerduel」, 1893, 캔버스에 유채, 46.3×42.8cm, 오르세 미술관

- 알브레히트 뒤러Albrecht Dürer, 「네 명의 사도The Four Apostles」, 1526, 린덴나무 패널에 유채, 215×76cm, 루브르 미술관

- 요하네스 베르메르Johannes Vermeer, 「창가에서 편지를 읽는 여인Girl Reading a Letter at an Open Window」, 1657~1659, 캔버스에 유채, 83×64.5cm, 드레스덴 국립 미술관

- 클로드 모네Claude Oscar Monet, 「인상-해돋이Impression-Sunrise」, 1872, 캔버스에 유채, 63×48cm, 마르모탕 박물관

- 샤를 루이 드 프레디 쿠베르탱Charles Louis de Freddy de Coubertin, 「출발Le Depart」, 1868, 재료미상, 크기미상, 프랑스 파리 외방전교회

PART 3

- 조반니 벨리니Giovanni Bellini, 「그리스도의 부활Resurrection of Christ」, 1475~1476, 나무 패널에 유채, 148×128cm, 달렘 국립 미술관

- 렘브란트 판 레인Rembrandt Harmensz van Rijn, 「엠마오의 그리스도The Supper at Emmaus」, 1629, 나무에 유채, 42.3×37.4cm, 자크마르 앙드레 박물관

- 폴 고갱Eugène Henri Paul Gauguin, 「설교 후의 환상(천사와 씨름하는 야곱)Vision after the Sermon (Jacob Wrestling with the Angel)」, 1888, 캔버스에 유채, 72.2×91cm, 스코틀랜드 국립 미술관

- 디에릭 보우츠Dieric Bouts, 「시몬의 집에서 예수 그리스도Christ in the House of Simon」, 1445, 나무 패널에 유채, 40.5×61cm, 베를린 구 국립미술관

- 폴 세잔Paul Cézanne, 「생트 빅투아르 산Mont Sainte-Victoire」, 1890, 캔버스에 유채, 65×92cm, 오르세 미술관

- 빈센트 반 고흐Vincent Van Gogh, 「오베르 교회The Church in Auvers-sur-Oise. View from the Chevet」, 1890, 캔버스에 유채, 74×94cm, 오르세 미술관

- 카라바조Michelangelo Merisi da Caravaggio, 「의심하는 도마The Incredulity of Saint Thomas」, 1601~1602, 캔버스에 유채, 107×146cm, 포츠담 상수시 궁전

- 요하임 파티니르Joachim Patinir, 「그리스도의 세례The Baptism of Christ」, 1515, 나무에 유채, 59.7×76.3cm, 빈 미술사 박물관

- 전기田琦, 「매화초옥도梅花草屋圖」, 19세기 중엽, 수묵채색화, 32.4×36.1cm, 국립중앙박물관

- 카라바조Michelangelo Merisi da Caravaggio, 「성 베드로의 부인The Denial of Saint Peter」, 1610, 캔버스에 유채, 94×125.4cm, 메트로폴리탄 박물관

- 빈센트 반 고흐Vincent Van Gogh, 「나사로의 부활(렘브란트 모작)The raising of Lazarus(after Rembrandt)」, 1890, 캔버스에 유채, 50×65.5cm, 반 고흐 미술관

- 렘브란트 판 레인Rembrandt Harmensz van Rijn, 「나사로의 부활The raising of Lazarus」, 1630~1632, 나무 패널에 유채, 96.3×81.3cm, 로스앤젤레스 카운티 미술관

- 빈센트 반 고흐Vincent Van Gogh, 「신발A Pair of Shoes」, 1886, 38×45cm, 캔버스에 유채, 반 고흐 미술관

- 부다페스트 「다뉴브 강가의 신발들Cipők a Duna-parton」, 2005, 조형물, 6,048×4,024cm, 헝가리 부다페스트 다뉴브 산책로

- 알브레히트 뒤러Albrecht Dürer, 「멜랑콜리아 IMelencolia I」, 1514, 동판화, 24×18.8cm, 영국 국립박물관

- 가에타노 간돌피Gaetano Gandolfi, 「요셉의 꿈Joseph's Dream」, 1790, 캔버스에 유채, 96×76cm, 개인 소장

- 조지 프레데릭 왓스George Frederic Watts, 「희망Hope」, 1886, 캔버스에 유채, 142.2×111.8cm, 테이트 브리튼 갤러리

- 아메데오 모딜리아니Amedeo Modigliani, 「검은 타이를 한 여인Portrait of a Woman in a Black Tie」, 1917, 캔버스에 유채, 65×50cm, 개인소장

PART 4

- 오딜롱 르동Odilon Redon, 「감은 눈Les Yeux clos」, 1890, 캔버스에 유채, 36×44cm, 오르세 미술관

- 프리덴스라이히 훈데르트바서Friedensreich Regentag Dunkelbunt Hundertwasser, 「쿤스트하우스 빈Kunst Haus Wien」, 1989, 콘크리트·벽돌, 전시면적 4,000㎡, 오스트리아 비엔나

- 조나단 보로프스키Jonathan Borofsky, 「해머링 맨Hammering Man」, 2002, 금속, 높이 22m·무게 50t, 광화문

- 클로드 모네Claude Oscar Monet, 「베퇴유 부근에 내린 서리Le givre, près de Vétheuil」, 1880, 캔버스에 유채, 61×100cm, 오르세 미술관

- 알렉산더 리버만Alexander Liberman, 「아치웨이Archway」, 1997, 적색 도장 강철, 800×800×1,200cm, 뮤지엄 산

- 폴 고갱Eugène Henri Paul Gauguin, 「안녕하세요, 고갱 씨Bonjour Monsieur Gauguin」, 1889, 캔버스에 유채, 92×113cm, 해머 미술관

- 니시자와 류에にしざわりゅうえ, Nishizawa Ryue, 「테시마 미술관豊島美術館, Teshima Art Museum」, 2010, 콘크리트, 40×60×4m·두께 25cm 일본 테시마섬

- 정선鄭敾, 「독서여가讀書餘暇」, 1676, 견본담채, 16.8×24cm, 간송 미술관

- 빈센트 반 고흐Vincent van Gogh, 「착한 사마리아인The Good Samarian」, 1890, 캔버스에 유채, 59.5×73cm, 크뢸러 뮐러 미술관

- 장 바티스트 카미유 코로Jean-Baptiste-Camille Corot, 「빌 다브레Ville d'Avray」, 1865, 캔버스에 유채, 73×102.2cm, 브루클린 미술관

- 니콜라 푸생Nicolas Poussin, 「아슈도드에 번진 흑사병The Plague at Ashdod」, 1630, 캔버스에 유채, 148×198cm, 루브르 박물관

속삭이는 그림들

초판 1쇄 인쇄　2020년 07월 08일
초판 1쇄 발행　2020년 07월 15일
지은이　위 영

펴낸이　김양수
디자인·편집　이정은
교정교열　박순옥

펴낸곳　휴앤스토리
　　　　출판등록 제2016-000014
　　　　주소 경기도 고양시 일산서구 중앙로 1456(주엽동) 서현프라자 604호
　　　　전화 031) 906-5006
　　　　팩스 031) 906-5079
　　　　홈페이지 www.booksam.kr
　　　　블로그 http://blog.naver.com/okbook1234
　　　　포스트 http://naver.me/GOjsbqes
　　　　이메일 okbook1234@naver.com

ISBN　979-11-89254-37-7 (03800)